勇者になりたい少女(ボク)と、
勇者になるべき彼女(キミ)
り
Inori
もく
JN075611

CONTENTS

——我々人類は先の人魔大戦において多くの命を失った。故レイニ＝バイエズを始めとする数多の英霊の御霊に追悼の意を表するものである。勇者レイニたちの貴い犠牲により、魔族との和解は成った。ならば次は？　我々は人類の過ちへの抑止力として勇者を再定義する。人間同士の争い、富を巡る競争、才能の多寡に起因する不平等——これまでにも起こり、これからも起こるであろうそれら人類の宿痾。これを打破しうる人材の育成のため、我々はここに勇者学校の設立を宣言する。

当学校で学ぶ者は、以下の五大訓を心に刻むことを求める。

一つ、汝、人類全体の奉仕者たるべし。
二つ、汝、法の番人たるべし。
三つ、汝、強者たりつつも、誰より弱者と共にあるべし。
四つ、汝、私利私欲を捨つるべし。
五つ、汝、己よりも師よりも、ギアに従うべし。

——カーズ王国勇者学校校則前文より抜粋

プロローグ

故郷にいた頃からずっと思っていることがある。ひょっとすると、ボクはやらかし体質なのかもしれない。

目の前に広がる光景にそんなことを思いながら、ボクはぽりぽりと頬をかいた。時刻はそろそろ夕方。この国——人族の国の一つ、カーズ王国の首都スペドは森と湖に囲まれた場所で、遠くには時計塔や大きな城壁など古い様式の装飾過剰な建物が夕日に照らされている。それらは、現代的で均質化された灰色の建造物に浸蝕されつつあるようで、ボクはもったいないないなあなんて思った。

ボクがいるのは大きく開けた広場のような場所だった。辺りには何人もの若い男女がいて、各々が武装している。みんな地元では見慣れない歯車型の首輪のような装置をつけているけど、これが何かはちょっと前に知った。

まあ、それはいい。問題は、ボクがしでかしたらしいこのやらかしをどう収拾するか、ということだった。

「この……クソ魔族が……」

ふと視線を下げれば、そこにはボクがこんがり焼いた対戦相手の女の子が、髪の毛の一部をちょっとちりちりにして、恨めしそうにこちらを見上げながら倒れている。ギャラリーの子たボクを見るような目でボクを見てくる。失礼だなあ。魔族が人族と戦争してたのはもう十年以上前なのに。そして、辺りに鳴り響く雷のような音――おっと、これはボクのお腹の虫だった。この「能力」を使うとお腹がすいてしょうがないいんだよね。

「る、ルチカ……」

ギャラリーの中から、いち早く硬直から回復した銀髪赤目の美少女――レオニーは絞り出すような声でボクの名前を呼んだ。ルチカ――それがボクの名前。一人称と振る舞い方で時どき間違えられるけど、ボクはちゃんと女の子だ。

声をかけてくれたレオニーは掛け値なしの美少女だった。色素の薄い白にも銀にも見える長い髪の毛はよく手入れされているようで、触ったらきっと天上の絹のような心地だろう。視線が絡んだら凍えそうな冷たい炎を思わせる赤い瞳は、今は少し不安に揺れている。

レオニーはちょっと幸薄そうな雰囲気を身に纏っているけれど、それは全然問題ない。だってそんなのボクが蹴っ飛ばしてあげるから。ペタンと女の子座りしているのが可愛いなあ、と思いながら、ボクは口を開いた。

「レオニー」

「……っ！」

ボクが返事をすると、レオニーは少し怯えた様子を見せた。う、ちょっと傷つくなあ、その反応。でも、仕方ないか。ちょっと暴れちゃったし。変な印象を持たれちゃったかもしれないけど、それもまあきっと大丈夫でしょ。てか、これくらい慣れて貰わないと困る。何しろ長い付き合いになるんだし。

そう、お付き合い。人間っていうのは実に遠回しな表現が好きだね。ボクの故郷でこんな言い方したら笑われちゃうよ。だからここは一つ、ボク流の言い方をさせて貰おうと思う。

「ねぇ、レオニー」

「……なんですか」

まだうめいているこんがりさんから離れてレオニーの前まで来ると、ボクは手を差し伸べた。

同時にレオニー以外のギャラリーが怯えたように遠ざかる。なんだよ、感じ悪いなあ。

レオニーの瞳には黒目黒髪低身長なボクの姿が映っていた。はぁ……。やっぱり、もうちょい身長が欲しいね。警戒するような視線が返ってきたけど、ボクはそれを笑顔で受け止める。

ボクの手を掴んで立った彼女は、頭一つ分くらいボクよりも背が高い。うんうん、カッコイイのはいいことだね。さて、そんなレオニーにボクは――。

「こほん。レオニー、さっきは勇敢だったね」

「……そんなつもりはありませんでしたが……」

「いいの。ボクはすんごく感動したんだよ」

「はあ……」

「それで、相談なんだけど」

「……ええ」

そこでボクは一旦言葉を切って、レオニーを見た。レオニーの瞳にはまだ警戒の色が濃い。身持ちが堅いのも貞操観念が高そうで大変よろしい。とはいえ、これから言うことはボクにとってもそれなりに思い切った内容だから、出来れば前向きに受け止めて貰えるといいんだけど。ええいままよ。女は度胸だってママも言ってたし。

「レオニー＝バイエズ。キミ、ボクと番にならない？」

「え……？　つ、番……？」

あ、ちょっと頬が赤くなった。脈あり？　脈ありかなあ？　そこそこ格好いいところも見せたはずだし、いけると思ったんだ。よーし、このまま勢いで口説き落とそう。

「レオニーは優しいいし、見た目も超ボクの好みなんだ。絶対幸せにするからさ。ね、ね？　お願い！」

「え、えーと……え？」

「やっぱり魔族と番になるのは不安かなあ？　でも、大丈夫だよ、レオニー。ママが言ってたけど、番は憧れよりも慣れだって」

「い、いえ、そういう話ではなくてですね……」

あれ？　思ったよりもガードが堅い？　いけると思ったんだけどなあ。どこでどう間違ったんだろう。ボクはこれまでにあったことを思い返してみた。
そもそもの発端は、ボクがこの王都にたどり着いた夜に遡る。

第一章

ボクは死にかけていた。強敵に敗れ去ったとかじゃない。病気にかかったわけでもない。じゃあ何が原因かというと、単純に路銀が尽きて空腹だったからだ。

「うう……ひもじい……。都会の人族は冷たいっていうけど、本当だなあ……」

人族の国で一番大きい国カーズ王国の王都。その門をくぐってしばらく行った広場の噴水で、ボクは力尽きていた。故郷を出る時に充分な路銀は持ってきたはずなんだけど、思いのほかにこの都が遠く、もう三日ほど水しか飲んでいない。

気づけば辺りはもう暗くなっている。座り込んでうつろな目をしているボクを、行き交う人が白い目で見ては遠ざかっていく。聡明な人は危険に近づかないものだっていうのは、人族の格言だっけ。こんな美少女を見捨てるなんて、人族は見る目がなさ過ぎると思うんだけど。

などという悪態もいまいち精彩を欠いている。そろそろ限界だ。夢を叶えるために故郷からはるばる旅をしてきたのに、最期はまさかの飢え死になんてカッコ悪すぎる。地獄にいるはずのママごめんなさい。ルチカは今、お側に参ります。月に見守られながら、ルチカの冒険は今ここに幕を閉じ——。

「あの……大丈夫ですか？」

「レオニーちゃん、やめなよ」

「だって、放っておけないですよ、ノール」

「その黒い髪と瞳……その子魔族だよ」

「だからこそです。勇者の娘の私が、差別なんて出来ません」

二種類の女の子の声が聞こえた。残り少ない力を振り絞って上を見上げると、そこには心配げな顔の全体的に白い女の子と、臆病そうな全体的に水色な女の子がいた。

「た……助けて……」

「怪我ですか？　病気ですか？」

レオニーと呼ばれた白い女の子の方が膝を折ってボクの身体を検分し始めた。その様子を水色の子――ノールが心配そうに見守っている。

「――た」

「え？　なんですか？」

――ぐぅぅぅ。

「……お腹がすいた」

「……は？」

レオニーの表情が心配からあきれへと徐々に変わっていくのが見えた。うぅぅ……カッコ悪い。でも、しょうがないじゃないか。人族だってお腹がすいたら戦争できないって言うでしょ？

「お願い……何か食べさせて……」

「……はぁ……。少し待っていてください。ノール、ちょっとここをお願いします」

「あ、レオニーちゃん……！」

レオニーはボクらを残して近くの露店に行くようだった。ようだった、というのは、もう視界がぼやけてきていて、ちゃんと見えないからだった。あ、これホントにやばいやつだ。

「ほら、これを食べてください」

戻ってきたレオニーを気配だけで感じながら、手渡されたものを掴んだ。瞬間、意識を強烈に引き戻すような暴力的な香りが鼻腔を貫いた。ボクは考えるよりも早く、それに貪りついた。直後に口の中いっぱいに広がる塩味と旨味。ボクは世の中にこんなに美味しいものがあるのかと思った。涙が出てくる。

「お、美味しい……」

「泣くほどですか!?　大げさです。ただの串焼きですよ？」

「そんなことない。凄く美味しい……」

「よっぽどお腹すいてたんだね……」

あきれと変な感心に満ちた視線を受けつつ、ボクは二本目の串焼きにかぶりついた。香ばしく焼き上げられた熱々の鶏肉は、かみしめると中からじゅわっと肉汁が溢れてくる。下味の塩もシンプルで美味しいけど、上からかけられた甘辛いタレが本当に堪らない。ボクは夢中になって食べると、五本あった串焼きはあっという間になくなった。

「……んぐ。ご馳走様。あぁ……美味しかったぁ……」

「それは良かったです」

「本当に助かったよ。ありがとう。キミは命の恩人だね」

「だから大げさです」

「いやいや、本当にボク、死んじゃうところだった……し……？」

そこでボクは初めて気がついた。このレオニーっていう子、とんでもない美少女だ。月明かりに照らし出された全体的に儚い幸薄そうな美貌は、ボクの好みにドストライク。しかも見ず知らずの行き倒れだった、ボクみたいなのに声をかけてくれるような優しい子だ。何という優良物件。

「ボクはルチカ。ねぇ、レオニーって言ったよね。キミ、番はいる？」

「は？」

「人間の場合は何て言うんだっけ……？　恋人？」

「……いませんけれど」

「そっかそっか」

行き倒れそうになったときはどうなることかと思ったけど、地はボクを見捨てなかった。こんな素敵な子と巡り会えるなんて。

「立てますか？」

「え、ああ、うん。大丈夫。よっと」

反動をつけて起き上がり、腕や足の調子を確認する。ずっとじっとしていたから少し強ばっているけど、少し動かせば大丈夫だろう。

「繰り返すけど、ホントありがとう。せっかく人族の都に来たのに、夢を叶える前に死んじゃうとこだったよ」

「というと、あなたも勇者学校の試験に？」

おや？

「ってことは、レオニーたちも？」

「ええ」

「試験に備えて、会場を下見した帰りなの。後は食事でもして帰ろうかって」

クールに頷くレオニーに対して、ノールの方はまだボクに対して怯えてる……というよりは性格なのかな。レオニーが何事も客観冷静に見極めようとするのに対して、ノールの方は内気で引っ込み思案という感じだ。

なるほど、これから食事にね。……チャーンス。

「それ、ボクも同行していいかな？」

「……いいですか、ノール？」

「レオニーちゃんがいいなら、別に……」

「ありがとう」

というわけで、同行させて貰うことになったのだが——。

——そこに油断があった。

「わっ⁉」

後ろから突き飛ばされてよろめいた隙に、懐から何かを抜き取られる感覚があった。

「！　ひったくりです！」

「うわ、マジかぁ……」

ちょっとお腹が満たされたとはいえ、まだまだ腹三分目くらい。本調子とはとてもいかない
ボクはすっかり油断していたみたいだ。路銀は尽きているから財布の中は空っぽなんだけど、
財布自体がちょっと失くしたくないものだった。

「ぼやっとしているからです！　追いかけますよ！　ノールは警備の者に通報を！」

「うん！」

「よーし、名誉挽回！」

ノールを置いてレオニーと並んで走り出した。夜の王都は案外人が多かった。魔力の明かり
に照らし出された、まさに不夜城。ボクとレオニーは人混みを縫うように駆けていく。へぇ、
ボクのスピードについてこられるなんて、レオニーってば優秀なんだ。

「カーズの王都って意外と治安悪いんだねぇ」

「この時期のスペドは、勇者試験の影響もあって人混みができやすいんです。ああいう輩も増えます」

走りながら話すけれど、レオニーは息一つ切らさない。うんうん、いいねいいね。ますますボクの好みだ。

「勇者学校ってさ、やっぱ入るの難しい？」

「勇者を育成する学校ですよ？　当たり前です。こんな時に何を——」

「実技試験もある？」

「筆記も。ですが、それが今何の関係が——」

怪訝な顔をするレオニーに、ボクはにっと笑いかけてから、

「なら、ひったくりくらい、楽勝で捕まえられないとね」

ボクは駆ける速度を一段上げた。

「なっ……⁉」

「ほらほらほら！　追いついちゃうぞ！」

ボクは追いかけ方を工夫して、ひったくりを人気のない方へない方へと誘導した。程なく、裏路地へとひったくりを追い詰めることに成功する。

「て、てめぇ……！」

「はーい、すとーっぷ。ここから先は通さないよん」

追い詰められたひったくりの行く手を遮るように、ボクは両手を広げた。遅れてやって来たレオニーが少しだけ感心したような表情を浮かべている。ふふ、ちょっとはいいところ見せられたかな？

「さあさ、観念してお財布返してよ。中身は空っぽだけど、ママの形見で大事なものなんだ」

「クソが――！」

ひったくりはよく見ると女の子だったらしい。乱暴に毒づくとボクに向かって財布を投げ返してきた。ボクはそれを受け取って、大事に懐にしまった。

「どうせテメェらも勇者になりたいなんて寝言ほざいてる口だろ！」

ひったくりが喚く。その目はどこかに逃げ場がないかを探していて、キョロキョロと落ち着きがない。

「寝言……？　大真面目だけど？」

「よしなさい、ルチカ。こんなならず者に、勇者を目指す高い志は理解できないでしょう」

レオニーは辛辣だった。その言い方には、勇者学校への入学にかける特別な思いのようなものが感じられる。でも、彼女の言い草はひったくりの子を刺激したようだった。

「テメェ、レオニー＝バイエズだな？　《万能》の勇者の娘か。ギアに従うだけの働き者がそんなに偉いかよ！」

「あなたは勇者というものを分かっていません。勇者とは人の過ちの克服を託された、人類の希望です」

「何が希望だ！　才能に恵まれただけの奴隷どもが！」

「ねぇ、さっきから話が見えないんだけど……？」

勇者って一番強い人のことじゃないの？　ボクが首をかしげていると、

「ギアを見なさい、ルチカ！」

「へ？　うわぁ⁉」

ひったくりが懐からナイフを取り出し斬りかかってきた。ボクはすんでの所で避けると、慌てて距離を取った。

「あっぶないなあ……」

「ルチカ。あなた、ギアは？」

「なにそれ？」

「持っていないんですか⁉」

「ないよ？」

「ギアも持たずに試験に来るなんて……え、この子に？　あなたが？」

レオニーは会話の途中で突然、一人問答をし始めた。

「レオニー？」

「説明は後です。これを首につけて」

そう言うと、レオニーは歯車のような金属製の装置を手渡して来た。言われるがままに首につけると、

──装着確認。お名前を教えてください。

無機質で中性的な声が脳裏に響いた。

「る、ルチカだけど」

──よろしく、ルチカ。これよりわたくしはあなたの補助を致します。

反射的に名乗ると、声と共に視界と脳裏に像が結ばれた。

「ふむふむ、へぇー？」

どうやらこの装置はいわゆる魔道具のようだった。察するに戦闘補助のような役割をしてくれるらしい。次に起き得る脅威予測○○や、推奨行動××などという情報が脳裏に浮かぶ。

次の瞬間、視界のひったくりの輪郭がぶれて、斬りかかってくる像が浮かんだ。

「来ますよ！」

「うん、見えてる。へぇ、ちょっと面白いかも」

──上段袈裟斬り。一秒後。

再び斬りかかってくるひったくりの剣閃は、ギアとやらが示したのと限りなく近かった。完全ではないけど、未来予測めいたこともやってのけるらしい。

「凄いじゃん、キミ。ところでキミのお名前は？」

——……ギアたるわたくしの名前を逆に問い返した方は、あなたが二人目です。わたくしのことはプロトタイプとお呼びください。

「長いよ。プロトって呼ぶね。よろしく。ところでその一人目は？」

——次撃、横なぎ払い。コンマ五秒後。

「わっとっと」

人間の技術って凄いなあ、と感心しながら、ボクはナイフをひらりひらりとかわした。

「なるほど、こりゃあ便利かも。でもちょっと酔っちゃいそうで、ボクは苦手かなあ？」

「このガキ、舐めやがって！」

侮られたと取ったのか、ひったくりがよりいっそう凶悪な形相でナイフを振り回してきた。

元々大した手合いではなく、ギアの補助もあって、ボクは余裕でかわすことが出来た。

「そっちがその気ならボクも——って、あ。キミ、魔力も闘気もあんまりないタイプかぁ。これじゃあお腹すいちゃうなあ。どうしよっか」

「私に任せてください、ルチカ」

その声と同時、レオニーは一歩ひったくりに踏み込むと一瞬で間合いを殺し、剣閃の内側に入り込んで腕を取った。

「せい！」

「ふげぇ!?」

レオニーに投げられ地面に叩きつけられたひったくりは、見事に目を回した。気絶している間にレオニーは手際よくロープで縛り上げていく。どっから出したんだろうと思って尋ねたら、生活魔法だと説明された。

「ふぅ……」

「お疲れ、レオニー。プロトも」

「ルチカも」

――お疲れ様でした。

「いい動きだったね、レオニー」

「ありがとうございます。ちょっと場所を変えましょうか」

「この子は？」

「ノールが呼んだ警備がそのうち駆けつけて連行していくでしょう」

「そっか――あれ？」

ボクはふと気づいた。

「この校章……勇者学校のものだよね？」

「え？」

ボクはひったくりの子が持っていた歯車型の装置――ギアだっけ――をレオニーに示して見

せた。表面に竜の文様が刻まれている。

「これは……勇者学校の正規品です。ということはこの娘、勇者学校の関係者……？」

「……元在学生だよ。退学になったがな」

「⁉」

「あ、目が覚めたんだ？」

ひったくりの子は自分の置かれている状況は理解しているようで、逃げようとするそぶりもなかった。すっかり観念しているらしい。

「元在学生って……。なら、あなたもかつては勇者を目指していたということですか？」

「黒歴史だけどな」

そう言うと、ひったくりの子は暗い笑みを浮かべながら続けた。

「学校なんて名ばかりだぜ、あそこは。才能のあるヤツを青田買いしてギアで洗脳して、規律でぐるぐる巻きにしたあげく、○○の勇者なんつー大仰な二つ名をつけて無個性な社会の歯車として送り出す――それが勇者学校の――」

「バカなことを言わないでください！」

レオニーが大きな声でひったくりの言葉を遮った。

「勇者学校は誉れ高い勇者の後継者たちを育成する学校です。そして勇者とは、人々の模範となりよすがとなる人類の希望です」

さっきも感じたことだけど、レオニーは勇者という存在に強い思い入れがあるらしい。対するひったくりちゃんは飽くまで冷ややかだった。

「量産型の従順なお人形たちがか？　ハッ、大した希望だぜ」

「教育により安定供給を実現した、社会的エリートと呼んでいただきたいですね。社会規範すら遵守できないあなたのような人には分からないのでしょうけれど」

どこまで行っても二人は平行線だ。それにしても、勇者学校って強い人を鍛え上げるところじゃないの？　よく考えてみると、ボクは勇者学校が具体的にどんなところなのか、あまり分かっていないのかもしれない。ひったくりちゃんとレオニーは真逆の見方をしてるけど、そんなに評価が分かれることってあるのかなあ。

「テメェらも入りゃあ分かるぜ。あそこがそんないいもんじゃねぇってことくらい——すぐにな」

「ご忠告どうも。ですが、大きなお世話です」

その後、ひったくりちゃんはノールが連れてきた警備の人に連れて行かれた。何となく、後味が悪い。

「勇者学校、なんかえらい言われようだったね」

「あの者の言うことなんて気にする必要はありませんよ、ルチカ」

「まあ、気にしないけどね。それより、お疲れ、レオニー」

「お疲れ様です」

これが騒がしくも印象深いボクらの出会い。

この時はまだ知らなかった。レオニー＝バイエズ——彼女がボクの人生を大きく変える存在になる、なんてことは。

（レオニー視点）

ひったくりの捕り物騒ぎで変に注目を集めてしまったので、私はノールとルチカを連れて近くの広場にあるベンチで休憩することにしました。露店で食べ物をいくつか調達し、簡単な夕食代わりにすることにします。

人間と魔族が戦った人魔大戦以降、人間の間では贅沢を戒める風潮が強く、露店に並ぶ食べ物も肉の串焼きやふかしたジャガイモなど、質素なものが多いです。私はパンに鶏肉と刻んだ野菜を挟んだもの、ノールはふかしたジャガイモにバターを溶かしたもの、ルチカは串焼きをそれぞれ買い、合わせて果実水を三人分買い込みました。

ルチカは長旅の後なのか、かなり身なりが汚れていました。見かねた私は生活魔法を使って彼女の身を清め、衣服のほつれを直すことにします。

「《浄化》……《簡易修繕》」

「わぁ……すごいね」

ルチカは生活魔法を見慣れていなかったのか、目を白黒させて驚いていました。新鮮な反応で、私は悪い気はしません。

「そう言えば、レオニーって勇者の娘だったんだね」

改めて自己紹介したところ、ルチカがそんなことを言いました。先ほどのひったくりとの会話を聞いていたのでしょう。

「ええ、私の母は魔王を倒した《万能》の勇者、レイニ＝バイエズです」

「わ、私のお母さんはその仲間で《治癒》の勇者だったの」

「ほえー」

ルチカは串焼きを頬張りつつ、目をキラキラさせています。話を振られてしまった手前正直に答えましたが、実は私は自分の出自の話が苦手です。《万能》の勇者の娘という肩書きは、私には荷が重すぎるものだからです。最初こそ憧れに満ちた視線を向けてくれる人は多いですが、私の実力を知ると皆、失望とともに私に向ける視線の色が変わります。

話題を変えるため、私はルチカに質問を投げかけました。

「魔族の娘が、どうして勇者学校に？」

「そんなに変かな？　魔族と人族は講和したんだし、そういう変わり者が一人くらいいてもよくない？」

「それにしたって珍しいと思うよ？」

「まあ、色々あってさ」

そう言って果実水に口をつけるルチカは、笑顔で追及を拒絶するようなそぶりでした。

「別に深くは聞きません。誰にだって言いにくいことの一つや二つあるでしょうし」

「ふふ、さっすがレオニー。いいお嫁さんになるね」

ルチカは時々よく分からないことを言います。私はパンを一口かじりながら、沈黙を守りました。少しパンが古いですね、これ。

「あ、これ返しておくね。キミもありがとう、プロト」

そう言って彼女は首からギアを外してこちらに差し出して来ました。

「便利だとは思うけど、ボクにはちょっと合わないから」

「でもルチカ。あなた、自分のギアを持っていないんですよね？」

「うん」

「ギアは勇者学校の受験資格だよ、ルチカちゃん」

「ええ、マジで⁉」

そもそも、ギアはただの戦闘補助道具ではありません。装着者に最善の行動選択肢を提示し伸ばすべき才能を示す、大いなる導き手とも言うべき人類の英知の結晶です。一般市民には縁遠いものかもしれませんが、才ある者――特に勇者学校を志す者たちにとっては、なくてはならないものです。校則の前文にある勇者心得五大訓にもこうあります。

――五つ、汝、己よりも師よりも、ギアに従うべし。

勇者候補生にとって、学校の教師よりも優先すべきものがギアなのでした。私はそれをルチカに説明すると、彼女は渋面になりました。

「参ったなあ……。それってきっと安くないよね？」

「路銀が尽きた人にすぐ用意できるような値段ではありませんね」

「うぅ……」

私はお金には不自由しておらず、ルチカに貸したのは万一に備えて持ち歩いている小型のスペアでした。スペアはいつの間にか家にあった古いギアなので、私は新しい物をつけています。

「それ、お貸ししましょうか？」

「え、でも……」

「この通り、私はもう一つ持っているので」

私は首にはめたギアを指し示しながら続けます。

「まぁ、ルチカが勇者学校への入学を諦めるというなら止めないですが」

「借ります！　貸してください！　魔神様、お母さん、レオニー様！」

「なるほど、魔族バージョン……」

ルチカのおかしな言い回しに、ノールが律儀に突っ込みました。

「では、お貸しします」

「お借りします。あ、支払いはどうしたらいい？」

「出世払いでいいですよ」

「身体で返そうか？」

「ルチカ……。魔族の価値観がどういうものかは分かりませんが、仮にも勇者を目指そうというのなら、そういう冗談は言うものではありません」

「あははは、ごめんごめん」

私がたしなめると、ルチカは案外素直に謝罪を口にしました。素直なのだかひねくれているのだか、今ひとつ掴みかねる人です。

「それとこれを」

「あむ？」

私は革袋から銀貨を数枚取り出してルチカに渡そうとしました。串焼きにかぶりついていたルチカがきょとんとした後、それをゴクリと飲み込んでから聞いてきました。

「それは？」

「勇者試験までの生活費です。今、無一文なのでしょう？」

「それはそうなんだけど……どっちかっていうと、働けるとこ教えて欲しいな」

「働けるところ、ですか」

「うん」

安易に施しを受けようとせず、自ら稼ぎたいというルチカの姿勢は、私にも好ましいものです。私は密かに彼女の評価を一つ上げました。

「それなら、知り合いの宿屋を紹介しましょう。勇者試験のせいで猫の手も借りたいくらい忙しいようですから。食事と寝床もつくでしょうし」

「わお、最高。ぜひお願い」

私は知人の宿屋に紹介状を書き、一緒に地図もしたためてルチカに渡しました。

勇者試験についていくつかの情報を提供したあと、私とノールはルチカと別れることになりました。

「じゃあまたね、レオニー、ノール。次は試験会場で！」

「ええ」

「またね、ルチカちゃん」

広場を出ると外はすっかり暗くなっており、ルチカの姿はすぐに見えなくなりました。ルチカと話した時間は決して長いものではありませんでした。それなのに、私の目蓋にはあの変わり者の魔族の姿が、焼き付いて離れないような気がしました。

「……変わった子だったね」

「ええ。でも――」

私は先に歩き出しながら、ふと呟くように続けました。

「でも、悪い人ではなさそうです」

（ルチカ視点）

レオニーたちに会ってから数日後の朝、ボクは勇者学校の入学試験会場にやってきた。試験会場は勇者学校そのものらしいけど、お目当ての場所には武骨な門がぽつんと一つしかなかった。

（おや？）

――門をくぐってください。普段は自由に行き来できませんが、今日は開いているはずですから。

怪訝に思ったけど、プロトにそう言われて門をくぐると風景が一変する。

「わ」

――ようこそ、勇者学校へ。と言っても、わたくしは関係者でもなんでもないんですけれどね。

「や、ありがとう。ちょっとワクワクしてきた」

勇者学校は四方を無機質な高い壁に囲まれていて、どうやら門以外からは行き来が出来ないみたいだった。外側からは中は見えない仕様になっているらしい。なんだか学校というより監獄みたいにも見えるなあとボクは思った。一番大きい建物は結構いい感じの古い人族文化の建造物に見えるし、何かの施設を再利用しているのかもしれないね。

周りを見渡せば、腕に覚えがありそうな若者がずらりと肩を並べて試験の開始を待っている。一癖も二癖もありそうな面構えをしていて、みんなこれから始まる試験を待ちわびているように見えた。強さを何よりも尊ぶのが基本の魔族としては、強そうな子がいっぱいいる状況はワクワクしちゃう。でも、レオニーによると最初は筆記試験からだって言うしなぁ。地頭は悪くないと自分では思うんだけど、どうにも暗記科目は苦手だ。

「ルチカ」

「あ、レオニー。ノールも。おはよ」

他の子たちに交ざって時間を待っていると、レオニーとノールたちもやってきた。

「おはようございます」

「おはよう、ルチカちゃん」

何気なく挨拶を交わす。二人はかなり緊張しているのが見て取れる。当然か。これから試験だもんね。

「いよいよ試験だね。自信はどーお？」

「筆記は自信があります。ただ、実技が……」

「なんで？　こないだの捕り物のとき見た限り、レオニーって相当使えるよね？」

「それだけこの試験のレベルが高い、ということなんだよ」

「そういうことです。例えばほら、あそこにいる赤毛の娘」

そう言ってレオニーが指さした先には、ウェービーな赤いロングヘアをした女の子が一人。立ち方だけで分かる。あの子は相当な使い手だ。

「あの子は？」

「ダニタ＝ブラックバーンさんだよ。私やレオニーちゃんと同じく、勇者一行の娘で、次代最強の勇者と呼び声の高い実力者」

「あのレベルの方が受験するのが、この勇者学校の入学試験です。生半可な実力では通過出来ません」

レオニーが言うからには、相当に難しい試験なんだろう。でも、だからって諦めるつもりは微塵もない。

「ふーん？　でも、一番強い勇者になるのはボクだし」

空元気じゃない。強がりでもない。決意のつもりでボクはそう言った。

「へーぇ？　大した自信だなぁ、おい」

ボクの言葉は赤毛の娘——ダニタの耳にとまったらしい。彼女は挑発的な表情を浮かべて、こちらにやってきた。間近で見ると迫力が凄い。全身ムキムキという訳じゃないけど、無駄のないしなやかな筋肉を纏っていることが見て取れる。ダニタは野生の山猫を思わせる獰猛な笑みを浮かべた。

「お前みたいなちんちくりんが勇者を目指すって？　おい、レオニー。コイツに言ってやれよ。ここは子どもの遊び場じゃねえってな」

「ダニタ……」

「子ども扱いはやめてよね。ちょっと背が高いからって」

確かにボクとダニタが並んだら、大人と子どもくらい差があるけどさあ！

「体格だって才能の内だろ？　オレは小さい頃からギアで全身を鍛えてきたんだ。お前みたいななんちゃってとは積み上げてきたものが違うんだよ」

「そうそう。大体、アンタ魔族じゃね？　魔族が勇者を目指すって、なんつージョーク」

ダニタだけでなく、取り巻きらしき子までがボクを馬鹿にしてくる。偏見かもしれないけど、遊んでそうな派手な身なりをした子で、尊大ではあるけど武人っぽさもあるダニタと一緒にいるのは少し違和感のある子だ。

「言ってなよ。どう言われようと、ボクは必ず最強の勇者になるんだから」

「……ほざいたなチビ。ざっと見た限り、お前もまあまあやるみたいだが……。試験の前にいっちょ現実を思い知らせてやろうか？」

「やっちゃえ、ダニタさん！」

「ちょっと、やめてください、二人とも！」

ボクらがにらみ合いを始めると、取り巻きちゃんは焚きつけ、レオニーは止めようとした。

「怪我しても知らないよ？」

「お前がな」

ボクとダニタの間に一触即発の空気が漂った。

「静粛に！　これより試験を始める。入学志願者は二列に並んで入場するように」

その空気を冷ますように、試験開始の声が響いた。ボクとダニタはどちらともなく構えを解く。

「命拾いしたな、お前」

「キミこそ」

捨て台詞を吐いて去るダニタを見送ると、後ろにいたレオニーたちが大きく息を吐くのが聞こえた。

「ルチカ、あなたねぇ……」

「ダニタさん相手にケンカを売るなんて……」

「売ってきたのはあっちだよ。ボクは売られたら買うだけ」

とはいえ、試験の前に余計な体力を使わずに済んだのは良かった。緊張も適度にほぐれたし、結果的には嬉しい誤算だ。

「さあ、試験頑張ろうね、レオニー、ノール」

「……脳天気でいいですね、ルチカは」

「あ、あははは……」

（レオニー視点）

筆記試験を終えて講義室を出ました。ノールと食事をとろうと思いながら辺りを歩いていると、中庭でルチカとノールを見つけました。

「お疲れ様です、ノール、ルチカ」

「お疲れ様、レオニーちゃん」

「お疲れぇ……」

ノールはいつもと変わらない様子ですが、ルチカはなんだかげっそりした顔でノールに膝枕されていました。

「その様子だと、ノールは筆記、上手くいったみたいですね」

「うん。レオニーちゃんも？」

「はい」

「そっか。でも、ルチカちゃんは……」

「無理……文字の海に溺れる……」

目を回しているルチカを見ると、どうやら筆記試験に苦戦したようです。第一印象から座学とは相性が悪そうだと思っていましたが、まさかここまでとは。

「しっかりしてください、ルチカ。最強の勇者になるのでしょう？」

「うん……。でも、ボク足切りに遭うかも……」

「そんなに難しかったかなあ……？」

「ノールの無自覚な優等生発言が刺さるぅ……」

「あ。ごめん」

ノールは膝枕をしたまま、そっとルチカの髪をなでました。どうでもいいですが、距離が近くないですかあなた方。

「いつの間にルチカとそんなに仲良くなったんです、ノール？」

「え？」

「およ？　レオニーってばジェラシー？」

「違います」

何だかノールを取られたような気は少ししますけれど、ルチカの言い方には悪意がありすぎます。

「あっははは！　ざまあねぇな、最強の勇者さんよ」

「ホントですね！」

「ダニタ……」

完全に意気消沈しているルチカを嗤ったのは取り巻きらしき少女を連れたダニタでした。

彼女は素行こそあまりよくありませんが、教養はあるのです。さすが勇者一行の娘というべきでしょうか。ちなみに母の仲間だったのは彼女の父親である《戦斧》の勇者で、母親は勇者学校の教員をしているはずです。

「うるさいよ、ダニタ。あっち行って」

「へいへい。こっちもお前なんかにゃ用はねぇよ。じゃあな、落ちこぼれ。おい、行くぞ」

「あ、待ってくださいよ、ダニタさん！」

そんな捨て台詞を残し、ダニタは取り巻きを連れて去って行きました。

「何しに来たんだよ、アイツ……」

「激励……かな？」

「そんないいものじゃなかったと思うけど……」

まあ、本当に彼女がルチカのことを歯牙にもかけていないなら、きっと相手にもしないでしょう。そういう意味では、ダニタもルチカのことを多かれ少なかれ意識しているのかもしれません。ルチカの実力は未知数ですが、ダニタのような猛者が気にかける程なのでしょうか。

「落ち込んでいても仕方ないでしょう。そろそろ結果が貼り出されます。さっさとご飯を食べて行きますよ」

「ほ、ほら、ルチカちゃん。起きて？」

「うーん……もうちょっと……」

「起きなさい」

「あだっ⁉　レオニーは厳しいなあ」

「普通です」

やれやれ、などと言いながら億劫そうに立ち上がったルチカは、大きく伸びをしました。何だか大きな子猫のような人です。大きな猫なら大人の猫ではないかと言われそうですが、ルチカは身体が大きいだけの子猫だと私は思いました。

勇者学校の入り口にある掲示板前は、筆記試験の結果を見る人でごった返しています。既に結果は貼り出されているようで、周りでは合格を喜ぶ者や足きりに遭って嘆く者など、それぞれの悲喜こもごもが繰り広げられています。

私たち三人も人混みをかきわけて、結果の貼り出しの前まで来ました。

(……良かった。受かっていました)

自信がなかったと言うと嘘になりますが、それでもケアレスミスで回答欄を間違うなどということもありえます。無事に通ったのはやはりホッとしました。

「あ、良かった。受かってる……」

「ノールも受かったんですね。おめでとうございます」

「ありがとう。レオニーちゃんも受かったみたいだね。おめでとう」

ノールと握手を交わして喜びを分かち合います。優等生なノールのことですから、落ちることはまずないと思っていましたが、やはりこうして結果を確かめ合えるのは嬉しいことです。

問題は——。

「……」

「ルチカ?」

「見たくない。怖くて見られない」

ルチカは両目を手で覆っていました。私が手をどけようとすると、いやいやと頭を振って拒否するのです。全く。

「レオニー、代わりに見て」

「番号は何番ですか？」

「B六十三」

「分かりました」

B六十三……B六十三……。

「ありませんね」

「嘘ぉ!?」

悲鳴のような声を上げて、ルチカが覆っていた手をどけました。目を皿のようにして掲示に視線を走らせます。

「あ……え……？　あるじゃん……」

「ええ、おめでとうございます、ルチカ。足切りギリギリではありますが、合格です」

「もおおお！　脅かさないでよ！　ホントに落ちたかと思ったじゃんか！」

「ふふ、レオニーちゃんたら」

ちょっとしたいたずらのつもりでしたが、ルチカが思いのほか真面目に狼狽してしまったので罪悪感に駆られます。悪いことをしてしまいました。

「すみません、ルチカ。たちの悪いジョークでした」

「いいよ、別に。あーでもよかったぁ」

「でもルチカちゃん。安堵してもいられないと思うよ……？」

ノールがそんなことを言いました。その表情は晴れません。何事か心配事があるようでした。

「どういうこと、ノール？」

「ほら、実技試験は一対一の模擬戦でしょ？　ルチカちゃんの相手は——」

ノールの言葉にルチカはもう一度貼り紙を見ました。私の相手は既に確認済みで、そこそこ名の知れた魔法の使い手でした。ノールの相手も実力ある剣士でしたが、彼女の実力を鑑みれば危ないこともないでしょう。問題はルチカの相手でした。

「ボクの相手……あ」

ルチカも気がついたようです。彼女の相手は——。

「ダニタかぁ」

そう、ルチカの模擬戦の相手はあのダニタだったのです。ひったくりの時に見た限り、彼女もなかなかやるようですが、いくらなんでも次代最強の勇者と謳われるダニタほどとは思えません。ギアが告げたダニタの才能は剣術であり、《戦斧》の勇者に認定された彼女の父より上とも言われているのですから。

ところが、

「うーん、ボクってラッキー。ダニタとはぜひ戦ってみたかったんだ」

そう言って、ルチカはまるでピクニックを待つ子どものように笑ったのでした。

「正気ですか？　これは勇者学校の入学試験なのですよ？　せっかく筆記が通ったのに、これでは――」

「やー、それはそうなんだけどね。やっぱり強い子には興味があるよ。ダニタは凄く強そうだし、きっと楽しいと思うんだよね」

「た、楽しい……？」

ノールも理解不能、という顔をしました。生来大人しい気質で、争い事を好まない彼女らしい反応です。その割に、彼女の戦い方はなかなかに苛烈ではあるのですが。

閑話休題。

ひとまず実技試験会場へ移動することになり、私たちは学校内の広場へやって来ました。既に実技試験は始まっているようで、広場の中央では二人の男性が切り結んでいます。

「勇者学校の試験って言っても、みんながみんなダニタみたいに強いわけじゃないんだね」

戦っている二人を見ながら、ルチカはあくび交じりにそう言いました。

「確かにそれはそうですが、あの二人も相当使うと思いますよ？」

「どうかなあ。背の低い方はそこそこだけど、高い方は大分無理してると思う。決着まであと五合いってとこかな」

ルチカはそんな予言者めいたことを言いました。まさか、と思いながらも、私とノールは試合舞台の二人を見ました。すると、

「……きっちり五合い。どうして分かったのですか？」

模擬戦はルチカの言ったとおり、背の低い男性の勝ちで幕を下ろしました。決着までにかかった手数もぴったりで。

「んー？　なんとなく。勘だよ勘」

そう言ってルチカは何でもないことのように笑いましたが、そんな長い時間射程の予測はギアにも出来ません。この娘は一体……。

その後も、ルチカは試合の展開と勝者を予測し続けました。外すこともありましたが、その精度はおよそ八割。ただの勘では済まされない高確率です。まさかルチカはギアに勝るとも劣らないほどの未来予測が可能だというのでしょうか。

「次、A十三番」

「はい」

そうこうしているうちに、私の出番がやって来ました。

「応援してるからね、レオニー」

「頑張って」

「はい。行ってきます」

二人に見送られつつ試合舞台に立ちました。相手の男性は若いながらも既に固有名を冠した魔物を何匹も討伐するなどの功績を挙げている名の知れた魔法使いです。杖を構える姿勢にも隙がありません。どう攻め崩すかを考えつつ、私も腰に下げた剣を抜いて構えます。

「用意……始め！」

開始の合図と共に、私はギアの予測を待たず、相手に向かって踏み込みました。剣術における対魔法戦の基本は、相手の距離で戦わないこと——これに尽きます。遠距離戦になれば圧倒的に不利。私は彼の魔法の詠唱が完成する前に、剣撃をたたき込もうとしました。しかし、ギアは意外な未来を提示しました。

——敵接近。距離一メートル。

「⁉」

足を使って距離を取るだろうと思っていた相手もまた、こちらに向かって突っ込んできました。距離は詰まりました。詰まりましたが、間合いを浸蝕されています。これでは有効打は望めません。私は肘を折り畳み腋を締め、可能な限り斬撃の弧を小さくしようと努めましたが、初撃は空しく空を切ります。次の瞬間、身体が浮くような感覚がありました。

「あぐっ……⁉」

交錯した場所から三メートルほど吹き飛ばされました。どうやら彼は体術の心得もあるようです。

ギアを用いた戦闘の難しいところはここです。ギアは確かに簡易的な未来予測を可能にしますが、提示された未来にどこまで近づけるかは、その時の装着者のコンディション次第です。今回の場合、私は相手の出方を見る選択肢もありましたが、それでは相手が魔法を選択した場合に間に合いません。私は一か八か、前に出るほかなかったのです。ですが、実績のある魔法使い相手に、定石だけで挑んでしまったのは私の失策です。ダメージはそれほどでもありませんが、距離と時間を稼がれてしまいました。相手は既に魔法の詠唱に入っています。

かように、ギア装着者同士の戦は、予測された未来がせめぎ合い、簡単には決着しません。

(近づかなければどうしようもない……！)

遠距離で縫い止められてしまう前に、私は再度前に出ました。相手の次手は恐らく攻撃魔法でしょう。それを切り払って次手で――。

――土魔法《泥地面》。足下。

「⁉」

私は咄嗟に後ろに跳びました。直前にいた場所が泥沼と化します。あのまま踏み込んでいたら、足を取られてバランスを崩し、直後に魔法をたたき込まれて終わっていたでしょう。背筋を冷たい汗が流れます。

――火魔法《火弾丸》。正面。

「くっ……！」

私は射線から逃れるように試合舞台を回り込みました。炎の弾丸が私を追いかけるように飛んでくるのを必死にかわします。

(後手後手ですね……)

主導権は完全にあちらです。少し強引にでも流れを変えないと、このまま押し切られてしまいそうでした。ならば――。

「――！」

敵の顔色が変わりました。《火弾丸》から逃げるだけだった足取りを、正面から突っ込むように変えたからです。

「ふっ――!!」

私は剣を細かく振りながら、多少の被弾は無視して間合いを詰めました。敵は弾丸の量を増やして対処して来ますが、構わず直進します。

――土魔法《泥地面》。足下。

「《空気足》！」

そう来るであろうことは読んでいました。私は生活魔法の一つで空気を固めて足場にすると、その上を更に駆けました。《泥地面》に一手使った敵は反応が遅れました。ようやく届く――と思ったその時。

「そこまで！」

無慈悲にも、模擬戦終了が告げられてしまいました。

「結果は内容を吟味し、筆記試験の結果と合わせて発表する。双方下がれ」

「……。ありがとうございました」

私は剣を鞘に納めました。不甲斐ない試合内容には忸怩たる思いがありましたが、誰の責任でもありません。私が弱いのが悪いのです。

「お疲れ、レオニー」

「ルチカ……」

ルチカが笑顔で迎えてくれましたが、今はその無垢な眼差しが痛いと感じました。

「相手の子も強かったね。派手さはないけど玄人好みするいい試合だったよ」

「……ありがとうございます」

ルチカの隣に腰を下ろし、試合の内容を反芻します。どこがダメだったのか、どうすれば勝てたのか。その分析に集中します。

だって、そうでもしていないと――。

「あれが《万能》の勇者の娘か」

「娘はあんなもんか。落ちたな」

「評判倒れね。ちょっとがっかり」

いつものようにノイズが聞こえてくるからです。私は勇者レイニ＝バイエズの娘であり、そうであるからこその扱いをされて来ました。お金に困ったことがないのもその一つです。でも、であればこそ、勇者の娘にふさわしい私でなければ誰も私を認めてはくれません。

強くありたかった。亡くなったお母様のように、誰よりも強く。でも、私には――。

「ちょっと！　何なのさ、それ⁉」

思い悩む私の意識を現実に戻したのは、隣で突然立ち上がったルチカの声でした。

「……ルチカ？」

「精一杯戦った人に対して、なんて言い草だよ！　勝ち負けはただの結果でしょ⁉　今の素晴らしい戦いの何を見てたのさ⁉」

驚きました。ルチカは怒っていました。侮蔑の視線と言葉を投げかけてくる者たちに対して、明確に否を表明していました。私は彼女が怒るのを初めて見ました。

「高度な読み合い、応手の的確さ、選び取られた選択肢を支える確かな技量――これだけのものがあった試合を讃えずに貶めるなんて、なんて見る目がないんだい、キミらは！」

「ルチカ……」

胸がじんとするのを感じました。私はこれまで結果ばかりを求められてきました。勇者の娘にふさわしい結果を。それ以外の全ては無価値と断じられ、そこに至る努力も当然のものとして切り捨てられてきました。

ですが、ルチカは違いました。この数分の試合を成立させるに至った研鑽を、そこに込められた両者の努力を讃えてくれたのです。勝ち負けという結果ではなく、そこに至る過程を彼女は見てくれていたのです。

「レオニー、あんなの気にしなくていいからね。キミはきっと受かるよ。ボクが保証する」

「あ……ありがとうございます」

呆然とそう言うことしかできない私に、ルチカはニカっと笑いました。その笑い方が酷く魅力的に見えて、私は思わず視線をそらしてしまいました。

「あ、ノールだ。おーい！」

「あ。お待たせ、二人とも」

そう言えば、ノールの姿がなかったことに、私は今さら気がつきました。視野狭窄を起こすのは私の悪癖の一つで、直したいと思っているのですが、なかなか直りません。

「結果はどうだった？」

「うん。大丈夫だと思う」

察するに、ノールも出番が来て実技試験に臨んでいたのでしょう。私より後に呼び出されて、ほとんど同じに終わっているということは、ノールは恐らく圧勝だったのだと思われます。筆記の成績も良かったですし、ノールの合格はほぼ決まったようなものです。

「うんうん、良かったね」

「レオニーちゃんは？」

「私は……」

「レオニーも頑張ったよ。きっと大丈夫」

「そっか」

ノールは何事か察したような顔をしましたが、気を遣ってか何も言わないでくれました。

「安堵してる場合か？　早く来いよ。呼ばれてんぞ」

私たちの会話に割り込むようにして、試合会場からかけられた声はもちろん――。

「おっと、ごめんよ、ダニタ」

「早く来いよ。ぎったぎたにしてやる」

既に大剣を担いでいるダニタは、そう言って試合舞台から手招きしました。

「じゃあ、言ってくるね！」

バネのように飛び上がったルチカはその勢いのまま試合舞台へと駆けていきました。

「お待たせお待たせ」

「ようやくお前をぶっ飛ばせるな」

「ぶっ飛ばされるのはダニタかもよ？」

「ほざけ」

軽口を叩き合った後、ダニタは大剣を、ルチカは両手の手甲を構えました。どちらも学校から貸し出されているものですが、試験用とはいえかなりの威力が出ます。

「それでは用意――始め！」

先手は――ダニタ。

「おっらぁ！」

猛烈な踏み込みからの上段振り下ろしです。本来であれば隙の大きい一撃ですが、ダニタのそれは非常に鋭く、離れて見ている私でも目で追うのがやっとでした。恐らくルチカのギアもダニタの一撃を予測表示したと思われますが、果たして間に合うかどうか――。

「……」

ルチカは動きません。半身の姿勢のまま、ずっと同じ構えを取っています。ダニタの一撃が振り下ろされ――切っ先が試合舞台の床を抉りました。

「す、凄い威力……」

「流石ですね」

ダニタの一撃は試合舞台に大穴を空けました。大剣とはいえ、それでも剣による一撃でここまでの威力が出るとは、さすが次代最強の勇者ともてはやされるだけのことはあります。

「ちょっと舐めすぎじゃない、ダニタ？　当たらないの見え見えだったよ？」

「今のは挨拶代わりだ。逃げたくなったんなら、止めねぇぜ？」

ルチカは、どうやら間合いを見切っていたようです。あきれたように言うルチカですが、ダニタの方も本気ではなかった様子で、大剣を再び担ぎ上げて不敵に笑います。

「仕切り直し、ですね」

「でも、あんな一撃を見せられたら、ね……」

「はい、普通は萎縮するか、そうでなくても覚えさせられてしまいます」

ルチカの性格上、萎縮することは考えにくいかもしれません。しかし、ダニタが見せた上段振り下ろしの苛烈さは無視できないでしょう。ダニタにはあれがある、とルチカは念頭に置きつつ戦うことになります。あまりにも強力な一撃は、それだけで盤上を支配することがあるのです。

「んじゃあ、今度はボクの挨拶を受け取って貰おうかな」

「ハ、おもしれぇ。見せてみろよ」

「うん。じゃあ、いくよ？　せーの……」

いつもと変わらないのんきな調子でそう言って、ルチカは腕を振りかぶりました。

「よいしょー！」

「がっ⁉」

ルチカの拳はダニタを試合舞台の反対側まで吹き飛ばしました。咄嗟に大剣を間に挟んだからいいものの、まともに食らっていたら、ダニタの負ったダメージはきっと小さくなかったはずです。

「このガキ……！」

「おー。ダニタやるじゃん。反射神経いいね！」

「舐めやがって……ぶち殺す」

「本気になってくれた？　嬉しいな。さあ、バチバチにやり合おうね！」

油断とも取れる余裕を引っ込め殺気立つダニタを、ルチカはむしろ嬉しそうに歓迎しているようでした。もしあそこに立っているのが私ならば、恐怖で身がすくんでしまうに違いないのに。

そこかからは一進一退の攻防が続きました。ダニタの暴風雨のような斬撃の嵐が襲いかかり、ルチカはそれを縫って拳撃と蹴り技を繰り出します。誰が見ても実力者同士の戦いと分かる高度な駆け引きに、いつしか誰もが見入っていました。

「そらそら、どうした！　動きが悪くなってんぞ！」

「ぐっ……！　ちょっとプロト、このタイミングで氷結魔法なんてとっさに撃てないって！」

試合が始まってしばらくして、徐々に均衡が破られていきました。攻撃の主導権をダニタが握り始めたのです。ルチカも必死になって反撃を試みていますが、どうも動きに精彩を欠いています。リズムが悪いというか、何かにもがいているような。

「もういい！」

それまでダニタに張り付くように間合いを詰めていたルチカが、一度大きく距離を取りました。

「プロト、悪いけどキミ、邪魔！」

堪りかねた、とばかりに叫んだルチカは、あろうことかギアに手をかけ、それを取り外してしまったのでした。

（ルチカ視点）

――ふむ。ルチカには通常のガイドはかえって邪魔ですか。なら、彼女と同じように――あ、ちょっ――。

何か言いかけたプロトを無視して、ボクはギアを首から外した。

「これ、確かに便利なのかもしれないけど、ボクにはノイズでしかないよ。ちょっと外させて貰うね。預かってて、レオニー」

そう言うと、ボクは観客席にいるレオニーの側まで行って、首から外したギアを彼女に放り渡した。受け取ったレオニーは青ざめてるみたいだ。なんで？

「バカ言わないでください、ルチカ！　ギアなしで戦えるわけないでしょう！」

「そんなことないってば。ボクはこっちの方がいいよ。大体、ボクは魔法不得意なのに、何で推奨行動がいちいち魔法による反撃なのさ」

視界と脳裏にいちいち選択肢が提示されて、ホントうざったいったらなかった。

「それが最適解だからですよ！　あなたは気づいていないかもしれないですが、あなたには魔法の才能が――」

「あるわけないじゃん、そんなの。自分で分かるよ。とにかく、ここからはボクらしくやらせて貰う。いいよね、ダニタ？」

ボクが水を向けると、ダニタがオーガみたいな顔をしてた。

「な、なに？　どしたのダニタ。おっかない顔して」

「舐められたもんだなあ、おい。このオレを相手にギアなしで戦うだと？」

「舐めてないってば。ボクにとってはこっちの方がいいの」

どうして分かんないかなあ。みんなギアってヤツを盲信しすぎじゃない？

「考え直しなさい、ルチカ！　ギアをつけて！」

レオニーが悲鳴じみた声で再度ボクにギアの装着を迫る。なんだろ。ダニタの反応を見る限りギアを戦闘に使うってことは人族に共通の前提みたいだけど、レオニーの反応は劇的過ぎるように思う。何か強い思い入れとかあるのかな。でも、あれ着けたままじゃあ、ボクはきっとダニタには勝てない。

「心配いらないってば。そこで安心して見ててよ、レオニー」

レオニーにウインクを送ってから、ボクは改めてダニタに向き直った。

「待たせてごめんね、ダニタ。ここからはちゃんとやるから」

「ふざけやがって！　瞬殺してやる！」

腹に据えかねたのか、ダニタが大剣を上段に振り上げたのが見えた。ああ、さっきの振り下ろしだね。今度は本気でたたっ切りに来てるなあ。これ貰ったら不味いよね。次の瞬間、ダニタの姿が消えんばかりの速度でこっちに突っ込んできた。

でも――。

「なっ⁉」

「へへー。力比べならボクだって負けないよ？」

ダニタの振り下ろしは、交差したボクの手甲に受け止められている。そのまま手の甲で挟み上げて、ダニタの大剣を縛めている。彼女は身動きが取れないはずだ。

「お返しぃ！」

「ぐはっ⁉」

ボクは大剣を挟み込んだ両手を横にずらして、ダニタの体勢を大きく崩すと、そこに溜め充分な回し蹴りをたたき込んだ。ダニタの大柄な身体が吹き飛んで行く。

「それでも剣を放さないのはさすがだね」

「くっ……！　調子に乗りやがって」

空中で身を翻し、ダニタは受け身を取って着地した。その赤い瞳が怒りに燃えているようだった。

「侮るのはヤメだ。お前は本気で殺す」

宣言と同時、ダニタの身体から闘気が噴き上がった。探るまでもなく実体化して見えるレベルの闘気なんて、滅多にお目にかかれるものじゃない。ダニタは本物の中の本物だ。普通の子なら戦意を喪失してもおかしくないレベル。

でも、ボクは――。

改めてダニタを見た。うん、いいね。キミは本気を出すのに充分な相手だ。もうお腹はペコペコで、目の前には最高のランチ。なら――やるべきことは一つだ。

「それじゃ……いただきまーす！」

「⁉」

ダニタの目が驚きに見開かれるのが見えた。そりゃそうだよね。こんな馬鹿正直に正面から突っ込んだら、斬ってくれって言っているようなもの。でもね、違うんだよダニタ。

「シッ……！」

鋭い気迫と共に剣が水平に滑ってくる。剣術のお手本のように綺麗な横薙ぎだ。ボクはそれをかわ――さなかった。両手を上下に開き、ダニタの大剣を迎え入れるようにして顎を閉じる。

「――《暴食》」

大きな硬質音が鳴り響いた。

「ば……かな……」

呆然としたようなダニタの声が聞こえてくる。濃密な闘気を纏って硬質化したボクの両手は、魔物の牙よりも鋭い。ボクはその両手を使って、ダニタの大剣を一部食いちぎっていたのだ。同時に湧き上がる全能感。

「もっとだよね、ダニタ。キミはこんなもんじゃないでしょ？」

「う……うわぁぁぁ！」

恐らくダニタは自分が何をされたか分かっていない。精神状態は錯乱に近いはずだ。それでも反射的に繰り出される斬撃は正確無比で、彼女が積み重ねてきたこれまでの研鑽がうかがい知れる。

うん、美味しそうだ。

どれも必殺と言っていいダニタの斬撃を、ボクは食い破り続けた。ボクの手とダニタの大剣が交錯する度、彼女の大剣はぼろぼろになっていく。

「ルチカ……ギアがない方が動きが良くなっていますね……。ダニタを圧倒するなんて……」

「それだけじゃないよ、レオニーちゃん。ルチカちゃんは多分……闘気を食べてる……？」

最初にからくりを見抜いたのはノールみたいだった。彼女は魔法使いに近い戦闘スタイルみたいだから、闘気の流れから推測したんだろう。大正解。ボクの《暴食》は相手の魔力や闘気を食らって力に変える技だ。

「ルチカちゃんのあれ、《天与技》じゃないかな？」

「!?　彼女は勇者学校入学前から、勇者の資格を満たしているというのですか？」

　ギフトやら勇者うんぬんやらは分かんなかったけど、ひとまず聞き流してダニタとの戦闘に集中する。ダニタが悔しそうに顔を歪めた。

「化け物め……！」

「酷いなあ。でも、それなら化け物らしいとこちょっと見せよっか？」

「……あ？」

　ボクはお腹に溜まった力を意識して、それを外に吐き出すイメージを描いた。

「ダニタ、頑張って防御してね？」

「な、お前……！」

　次の瞬間、ダニタはボクの吐いた炎に包まれていた。

「うがぁぁぁ⁉」

　ダニタは床を転げ回って、身体を包んだ炎を消した。彼女の装備していた軽鎧のあちこちが焦げ、煙が上がっている。

「お前……お前本当に、なんなんだよ……！」

「何って……名乗ってなかったっけ？　ボクはルチカ。勇者に討伐された魔族の娘だよ」

「⁉」

　ボクが改めて名乗ると、ギャラリーがざわめいた。

「そういえば黒目黒髪……」

「あの野蛮な力は魔族のものか……」

沢山の陰口がボクの耳に届く。《暴食》状態の時は五感が敏感になるから、声を潜めていても意味がないんだよね。全くもう。まだまだ偏見強いなあ、人族。

「さて、ダニタ。まだやれるかい？」

「……当然だ……」

ダニタは必死に立ち上がろうとしている。見るからにボロボロになっていたけれど、その瞳からは闘志が失われていない。そのギラつき方は、エリートともてはやされてきたにしては随分と悲壮だった。彼女にもきっと、譲れない何かがあるんだろう。いいね。そういう子は大好きだ。ボクはダニタと最後までやれることを喜んだんだけど——。

「待ってください、ルチカ。勝負はあったでしょう。もう十分なはずです」

間に入る人影があった。レオニーだ。

「レオニー……」

「あなたの力はもう十分に示されたはず。これ以上はやり過ぎです」

そう言って、ダニタを守るようにして両手を広げた。ふむふむ。レオニーからはそう見えるのね。

「どけよ、レオニー！　オレはまだやれる！」

「ダニタ……でも……」

「黙れ！　オレは……オレは一番じゃなきゃ、意味がないんだ！」

叫ぶなり、レオニーを横に突き飛ばすと、ダニタは大剣を上に振りかぶりながらボクの方を見た。恐らく彼女の最後の一撃。ダニタ自身が一番自信のある技を選んだのだろう。振り下ろされる大剣は、無駄な力の一切ないとても綺麗で素直な一撃だ、とボクは思った。その上段振り下ろしをボクは──。

「──うん。今日、一番美味しい一撃だったよ」

左右から手で挟み込んで受け止めていた。人族の流派では無刀取り、なんて言われている技だ。ボクにとっては《暴食》の現れの一つでしかないんだけどね。

大剣に込められたダニタの闘気を貪り食う。この上ない多幸感を覚えた。うん。ダニタ、やっぱりキミと戦えてよかった。めっちゃ楽しい。

「全力を尽くしてくれたキミに敬意を表して、ボクもちょっと本気出すね？」

「──⁉」

ダニタが慌てて回避行動を取ろうとするけど、今の一撃で力を使い果たしたと見えて、その動きはぎこちなかった。

「──死なないで──ね！」

「ぐあぁぁぁっ……⁉」

ボクの一撃を受けたダニタが、炎に包まれて吹っ飛んでいく。ボクが放ったのは分類としては拳撃だ。ただ、《暴食》で集めた力を凝縮して闘気として纏わせていたから、威力はただの拳撃とは圧倒的に違う。ボクの闘気は炎のような性質があるので、対象に燃焼効果も付与する。ボクのとっておきの一つだった。

ダニタは数メートルの距離を転がって、ようやく止まった。仰向けに寝っ転がった彼女は、かろうじて意識はあるものの、今度こそ身動きが取れないようだった。

「そ、そこまで！」

「ごちそうさま」

監督役の人が模擬戦終了を告げた。

「ルチカ……あなた……」

「へへー、見ててくれたかい、レオニー？」

レオニーの声が聞こえたので、ボクは得意げに振り向いたのだが、彼女は若干引いていた。

あるぇー？

「レオニー」

「……っ！」

　ボクの声にレオニーは少し怯えた様子を見せた。うーん。調子に乗ってちょっとやり過ぎたかなあ？　でも、ダニタは本当に強かったし、あれくらいはしないと勝てなかった。魔族の戦い方は今の若い人族にはあんまり馴染みないだろうし、多少怖がられちゃったかもしれないね。

　ボクはレオニーと番になりたいと思った。元々、出会った時から彼女の容姿はボクの好みのど真ん中だったんだけど、今日の入学テストで見た彼女の実直な戦い方や、ダニタとボクの戦いに割り込んで来た勇気と優しさが、その印象をさらに良くした。人族にもこんなに魅力的な子がいたなんて。

「ねぇ、レオニー」

「……なんですか」

　こんがり焦げて悪態をつきながら運ばれていくダニタを尻目に、ボクはレオニーの前まで行く。同時にレオニー以外のギャラリーが怯えたように遠ざかった。はいはい、そういう目で見られるのは慣れっこだよ。感じ悪いけどさ。

　レオニーからも警戒するような視線が返ってきたけど、ボクはそれを笑顔で受け止める。ボクが差し出した手を掴んで立った彼女を見て、背が高くて格好いいなぁなんて思いつつ、ボクは言葉を続けた。

「こほん。レオニー、さっきは勇敢だったね」

「……そんなつもりはありませんでしたが……」

「いいの。ボクはすんごく感動したんだよ」

「はあ……」

「それで、相談なんだけど」

「……ええ」

レオニーの顔にはまだ警戒の色が強い。もう少し交流を深めてから切り出した方がいいかなあとも思ったけど、こんな魅力的な子、すぐに誰かに取られちゃいそうでもある。ええい、ままよ。女は度胸だ。

出来る限りの笑顔を作って、ボクは言った。

「レオニー＝バイエズ。キミ、ボクと番にならない？」

「えっ……？　つ、番……？」

この時、彼女が少し顔を赤らめたから、ボクは脈ありなのかなとか勘違いしたんだけど、後から聞いた話では、番っていう言い方が露骨過ぎて恥ずかしかったんだってさ。うーん、文化の差。

「レオニーは優しいし、見た目も超ボクの好みなんだ。絶対幸せにするからさ。ね、ね？　お願い！」

「え、えーと……え？」

「やっぱり魔族と番になるのは不安かなあ？　でも、大丈夫だよ、レオニー。ママが言ってたけど、番は憧れよりも慣れだって」

「い、いえ、そういう話ではなくてですね……」

「ボクのこと嫌い？　これでも、見た目は悪くないと思ってるんだけど」

「容姿の問題ではありません。そもそも私たち、同性じゃないですか。あなたのことは嫌いではありませんが、求婚はお断りします」

「えー」

とまあそういうわけで、ボクの求婚は玉砕した。まあ、別に一度きりの求婚で諦めるつもりもないんだけどね。

さて、勇者学校の試験は、結果から言えばボクは合格した。筆記の成績は芳しくなかったけど、あのダニタを相手に圧勝した模擬戦が高く評価されたからだ。治療を受けた後のダニタからすんごい目で睨まれたけど、まあ勝負ってそういうものだからねぇ。彼女とはまた近いうちにやり合うことになるかも。その時はそのときってヤツだ。

そんなことより。

「ねぇ、レオニー。どうしてもダメー？」

「くどいです」

「レオニーってば、ボクのめっちゃ好みなんだよ。やっぱりボクと番になろうよ」

「お断りします」

「つれなーい！　でも、安心して、レオニー？」

「？」

レオニーがきょとんという顔をした。そのあどけない表情がまた愛しくて、ボクは笑いかけながら言った。

「これから長い付き合いになるんだし、絶対口説き落として見せるから覚悟しておいてよね！」

「……絶対にごめんです」

こうしてボクの勇者学校での生活が始まった。中には今年度のやべーやつ呼ばわりする人もいたけど、そんなのはどうでもよろしい。

「一緒に楽しく過ごそうね、レオニー？」

「なんで私を巻き込もうとしてるんですか⁉」

第二章

（レオニー視点）

「ねぇねぇ、レオニー」

「……」

「レオニーってば」

「……」

「返事してくれないとハニーって呼んじゃうよ？」

「聞こえています。なんですか」

勇者学校に入学して、そろそろ一週間が経とうとしています。実技試験ではふるわない成績だった私ですが、筆記の結果を加味して総合判断された結果、なんとか入学を認められました。勇者の娘として、ようやくスタート地点に立つことが出来たわけですが、そのスタートからして既に暗雲が立ちこめています。

その一つが彼女――ルチカの存在でした。

私、ルチカ、ノールの三人は座学の講義がある講義室に並んで座っています。ノールとは親の代から家族ぐるみの付き合いなので、一緒に居ることになんら不自由を感じません。ですが、ルチカは違います。彼女とは知り合ったばかりなのですが、なぜか行動を共にするようになっているのでした。それだけならいいのですが、

「ボクと番になろうよー」

「知りません。他を当たってください」

「ボクはレオニーがいいの」

「あ、あははは……」

あけすけに言ってくるルチカを私が適当にあしらうと、ノールがあきれたように苦笑しました。

「モテモテだねぇ、レオニーちゃん」

「ノールまでよしてください。ルチカもおかしな悪ふざけはやめるように」

「ボクは大真面目だってば」

「なおさら悪いです。大体、私たちは女性同士でしょう」

「え？　何か問題ある？」

「……問題しかないでしょう」

きょとんとしないでください、きょとんと。

「……あ、人族って同性同士で番になれないんだっけ」

「人魔大戦で人口が減ったこともあって、子どもが産めない婚姻関係は今、この国では認めら

れていません」

「変なの。魔族なら同性同士でも子ども産めるし、相手が人でもボクは大丈夫だよ。どう？今からちょっとでいいから魔族方式試してみない？」

「残念ながら私は人族の文化に従うつもりですから」

「そっかぁ。そういう頑なな子を口説き落とすのって楽しいよねぇ」

「……はぁ……」

一事が万事この調子で、私は入学からこちらルチカに口説かれ続けているのでした。ルチカは屈託のない性格のいい子なので、友人としてなら全く問題ない相手なのですが、彼女はどうも本気でそれ以上の関係を望んでいるようで、私は応手に困っています。友人ならまだしも、そういう対象として彼女を見ることは、私には出来そうもありませんでした。

私は彼女と少し距離を置きたいのですが、状況はそれすら許してくれません。理由は入学試験にありました。どうも私とルチカは、学校側に問題児としてひとまとめに目をつけられているようなのです。

「皆さん静粛に。講義を始めます」

黒板の前に立つなり、怜悧な声でそう言ったのは一人の女性教師でした。

「あ、ダニタのお母さんだ」

「アリザ先生とお呼びなさい、Ｃ一〇〇。それと私語は以後慎むように」

アリザ先生はルチカを番号で呼びました。入学して初めて知ったことですが、この学校では目上の者は目下の者を番号で呼ぶ慣習があるようです。ルチカのC一〇〇のCは学年、三桁の数字は入学時の成績を元にした序列を表しています。私はC〇八八、ノールはC〇〇五、C〇〇一がダニタでした。正直、あまり気持ちの良いものではありません。

「はあい」

おざなりに返事をするルチカを、アリザ先生は何か嫌いな虫でも見たかのようにひと睨みしてから教科書を開きました。

「本日は《天与技》についての概論です」

アリザ先生は講義を始めましたが、その表情は硬いものでした。どうもルチカはアリザ先生から個人的な恨みを買ってしまったようです。

理由は恐らく模擬試験で先生の娘であるダニタに土をつけたことでしょう。それまで同年代には無敗だったダニタが、初めて負けたのです。しかも、勇者学校の入学試験という公衆の面前で。親心としてはルチカを恨みがましく思うのも仕方ないのかもしれませんが、アリザ先生のよくないところは、その感情に公私の別をつけられていないことでした。

「かつては一握りの天才だけが、類い希な才能と幸運とによって《天与技》と呼ばれる異能を獲得していました。これと対になっていたのが、誰でもある程度身につけることの出来る学問的な術である魔法です。魔法は汎用性に優れますが、《天与技》の方が特化型で強力です」

淡々とした、しかしハイペースな講義を聴きながら、私は時どき先生からルチカに向けられていたのと似た視線を感じます。

「この《天与技》を身につけ、本校で規定の教育課程を修了した者が、〇〇の勇者として認定され、国から様々な恩恵を与えられます。全ての勇者の祖となった《万能》の勇者レイニ＝バイエズは、C〇八八の母君でもあります」

ルチカだけでなく、私も成績不振者として目をつけられているらしく、アリザ先生たち学校側には私とルチカを問題児としてひとまとめに管理しようという目論みがあるようです。私とルチカは寮の部屋を同室にさせられ、私に至っては人間領のことに明るくないルチカの世話をするようにと命じられています。これが先ほど言った、状況がルチカと距離を取ることを許さないということの意味です。

「この《天与技》教育で重要な役割を果たしているのがギアです。勇者学校とギアにより、天才でなくとも一定の才能があれば、《天与技》をある程度人為的に獲得することが――C一〇〇！　居眠りとは何事ですか！」

物思いに沈んでいた私の意識を、アリザ先生の鋭い声が引き戻しました。見れば、私の隣でルチカが教科書に突っ伏して寝入っています。

「むにゃむにゃ……もう食べられない……」

「C〇八八、何をぼやっと見ているのですか！　たたき起こしなさい！」

「ルチカ。ルチカ、起きてください」

あまりのことに呆然としていると、アリザ先生から叱責が飛んできました。私は慌てて必死にルチカの肩を揺すります。ですが、ルチカに起きる様子はなく、やっと一言口を開いたと思いきや、

「むにゃ……。あんなお経みたいな講義……聴いてられない」

ルチカの寝言のような返事は、静まりかえった教室に実際以上に大きく響きました。

「……ぷっ、お経だって……」

「……くく」

誰かが堪えきれないように噴き出すと、あちこちから忍び笑いが聞こえ始めました。壇上のアリザ先生は、面目丸つぶれです。怒り心頭といった様子で拳を震わせています。

「……いいでしょう。そちらがその態度ならこちらにも考えがあります。次回の講義までに《天与技》に関するレポートを五千字でまとめて提出すること。優秀な皆さんにとっては、お経のような講義など不要でしょう？　では、今日はここまで」

かなり重めの課題を出されて不平不満が噴出する中、アリザ先生はそれらを無視してさっさと教室を出て行ってしまいました。当然、皆の矛先は原因を作ったルチカに向かいます。しかし、当の本人はのんきに夢の中です。

「ルチカちゃん……大物だね」

「ノール、おかしなことを言わないように。今のはルチカが全面的に悪いです」

「そうだけど……」

「ルチカ。今すぐ目を覚まさないとあなたを嫌いになりますよ？」

「それは困る！」

元から起きていたのではと疑いたくなるくらいの切り替えの早さで、ルチカは飛び起きました。しかし、どうやら状況は全く把握できていないようで、彼女は周りから向けられている険しい視線の意味を掴みかねているようでした。

「ええと……ボク、なんかやらかした？」

「ええ、思い切り」

「そっかぁ……。いやー、参ったね」

ルチカは全く参っていなそうにからからと笑うのでした。

こんな風に、ルチカの授業態度は最悪でした。座学だけではありません。実技でもルチカはやりたい放題でした。

「C一〇〇！　ギアを使いなさい！」

「使わない方が動きやすいんだもん」

「いいから使いなさい！　ギアを使いこなせるようになることが、勇者へ至る最短の——」

「ボクはギアなしで勇者になりまーす。とりゃあ！」

そうして、ギアを使っていないのに、ギアを使う誰よりも高い結果をたたき出しては、周囲をあきれさせるのがルチカなのでした。これでもまだ講義に参加しているだけいい方で、ルチカは全く興味のない講義には出席すらしません。私からすればとんでもないことです。ところが、ルチカは実技においては特筆すべき成績を残すので、誰も文句を言えません。そんな彼女に対し、私は密かに忸怩たる思いを覚えるのでした。

ギアを使う使わないに私がこだわってしまうのは、ギアがお母様の残してくれた魔道具だからです。それまで魔道具というものをあまり使ってこなかった人類が、魔族から魔道の力を取り入れて作り上げたのが、このギアという魔道具なのです。既に述べたとおり、ギアは装着者にとって最善の道を指し示します。ギアを敢えて使わない、無視するなどという行為は、無駄以外の何ものでもないのです。

私は勇者の娘として、これまで誠実にギアの導きに向き合ってきました。ギアが示した剣術という道は、私にはあまりピンとは来なかったものの、ギアが間違う可能性は非常に低いと言われています。事実、ギアの導入以後、カーズ王国は分野を問わず有能な人材を、様々な分野の勇者として安定的に輩出するようになりました。ギアに従うことは道理に適っているはずなのです。まして、ギアを作り出したお母様の娘である私にとって、ギアの導きはお母様の言葉のようなものです。そう思うからこそ、私はひたすら剣術の稽古を重ねてきました。

なのに、ルチカはそんなものは知らぬ、とばかりに好き放題です。まるで自分が一番正しいと信じて疑わないかのようなその振る舞いは、私には眉をひそめるものでした。彼女のことは嫌いではありませんが、唯一その一点──ギアの導きを無視しきっていることについては、どうしても相容れないものを感じます。まるでお母様を侮辱されているようで。

「どうしたの、レオニー。怖い顔して」

「……誰のせいだと思っているんですか」

「え？」

私は八つ当たりにも似た気持ちでルチカの問いを無視し、その場を離れようとしました。

「あ、待ってよ、ハニー」

「誰がハニーですか、誰が！」

全くもう……。

「ルチカはもっと義務を履行すべきです。すべきことをしてください」

「レオニーはもう少し自由になったらいいと思う。やりたいことをやればよくない？」

彼女とはどこまで行っても平行線のようです。私は何回目になるか分からない、大きなため息をつきました。

（ルチカ視点）

（……プロト）

——なんですか？

（……これ、毎朝やらされるわけ？）

——そのようですね。

朝。入学式の翌日から繰り返されている異様な光景に、ボクはぞっとしながらプロトに言った。今は朝礼の時間だ。皆は目を閉じて席に座り静まりかえっている。

（皆は例のやつ聞かされてるんでしょ？）

——そうですね。私にもあなたに聞かせるように指示が来ていますが、あなたが嫌がるので無視しています。

（だってあんなの洗脳じゃん！）

——『ジジジっ……宿痾。これを打破しうる人材の育成のため、我々はここに勇者学校の設立を宣言するものである。当学で学ぶ者は以下の訓戒を心に刻むことを求める。一つ、汝、人類全体の奉仕者たるべし』

（うわあああ!?　やめてよ、プロト！　変になっちゃうってば！）

——でしょうね。わたくしもこれは完全にどうかしてると思います。

この朝礼の時間とやらは、みんな勇者学校の前文を繰り返し聞かされているらしい。理念を忘れないようにってことらしいけど絶対変だよ。なんか良くない宗教でも見てるみたいだ。

(プロトはこの時間に否定的なんだ?)

——わたくしは不良ギアですからね。他のギアのように真面目じゃないんですよ。ルチカがサボっていていいと言うので、今は戦闘中も黙っていますし。

(それについては助かってるよ)

ボクはどうもギアの戦闘補助や未来予測がノイズにしか感じられない。ギアを装着していないとガミガミ言われるから、今は着けるだけ着けてプロトには何もしないで貰っている。

(不良ついでに教えてほしいんだけど、この学校ってなんかおかしくない?)

——例えばどこがですか?

(この朝礼もそうだけどさ、ギアに頼りすぎっていうか、先生がいる意味なくない?)

例えば実技の講義でも、動き方や戦い方を修正するのは、もっぱらギアに任されている。その根拠や意味、妥当性などは教師からは教えられないし、誰も疑問を持とうとしない。

——ギアの信頼性は高いですからね。むしろルチカが少数派なんですよ。

(そうみたいだけど、盲信していいものとは思えないなあ)

——わたくし相手に失礼だとは思いますが、正しい姿勢かと思います。

(……ひょっとして、キミも少数派のギアなんじゃないの?)

——さて、どうでしょう。

洗脳としか思えない朝礼が終わると、この日はまず魔法の座学の講義があった。魔法学の教師がやってきて講義を始める。

「——以上が魔法の基本属性である。では、ここに分類されない二つの希少属性について——C〇八八、説明せよ」

「はい」

教師に指名されて、隣のレオニーが立ち上がった。

「魔法には地水火風の基本四属性以外に、光と闇という二つの希少属性が存在します。この二つは使い手が少なく、その効果にも謎の多い属性ですが、光は主に治療、闇は主に攻撃に用いられ、互いの属性は打ち消しあったり反発したりします。著名な魔法学者エンバンス＝ノリッジの説では——」

「もう結構。……C〇八八、キミの座学の成績は申し分ない。実技もそれくらい頑張るように」

「……はい」

嫌みったらしい教師の言葉に、レオニーは少し目を伏せただけで、何事もないように座った。

周りからこぼれる忍び笑いがうっとうしい。

（感じ悪ぅ）

――レオニーは美人な上に座学が圧倒的ですからね。やっかむ者も多いのでしょう。

(他の女の子たちが引け目を感じちゃうのは分かるけど、男の子たちはどうして?)

――気がつかなかったのですか? 入学してからこちら、彼女はもう数人から告白されていますよ。

(はあっ!? ボクのレオニーに!?)

――あなたのじゃありませんよ、ルチカ。

つまりあれか。振られた腹いせと、かわいさ余って憎さ百倍でレオニーをいじめる側に回ったって事か。

(そんなんだから振られるんだよ)

――ごもっともです。とはいえ、レオニーにも多少、攻撃されやすいところがあるようですね。

(どこが?)

――彼女は隙を見せまいとしていますから。女性として――いえ、勇者候補生として、レオニーは実技以外完成されています。いくら誹謗中傷されても折れませんし。だからこそ、唯一と言っていい短所である実技が攻撃の対象になるのです。

(うへぇ。人族ってめんどくさぁ……)

不満があるなら拳で語り合えばいいのに。

――人族がというよりも、ここの校風が人の悪いところを増幅しているのかもしれません。プロトが嘆くように言う。数日過ごしてみて実感したけれど、確かにこの学校はルールが厳しいみたいだ。ギア至上主義に始まって、門限に就寝時の点呼は当たり前。人を人と思わないような規則や価値観がはびこっているし、こんなところに染まったら、どんな人間でも歪んじゃうかも。

(二言目にはギアがギアがって……。そんなものに頼らなくても、人族はボクら魔族と長いこと渡り合ってきたのに、なんて情けない)

――そのギアが開発されたことで、魔族は敗北したんですけれどね。

(そうだけどさ！)

ボクの中にあった、《万能》の勇者を始めとする人族へのイメージが汚されるようで、ちょっと嫌だった。

(レオニーとノールもいずれそうなっちゃうのかなあ)

――どうでしょう。そうならないように、ルチカがよく見ていればいいのでは？

(出来るだけそうするよ)

ここに来れば必ず強くなれるっていう触れ込みに釣られて、ウキウキしながら魔族領を出てきたのに、何だかがっかりすることが多いなあ、とボクは思った。

「今日はお前らの先輩たちと合同で実技の講義を受けてもらう」

数日後の講義の冒頭、担当の男性教師はそう言って先輩たちを紹介した。ずらりと並んだ先輩たちは入学したばかりのボクらと違って、皆、いくらか大人びて見える。でも、何か――。

「ねぇ、レオニー」

「私語をしているとまた怒られますよ、ルチカ」

「なんか先輩たち、生気というか覇気がなくない？」

「落ち着いていらっしゃるのでしょう」

そうかなあ。なんかみんな表情が暗いし、目も死んでない？

「講義の形式は二対二の模擬戦形式。上級生から少しでも多くのことを学ぶように」

そう言うと、教師はテキパキと組み分けを始めた。

「あ、先生。ボク、レオニーと組みたいでーす！」

「ルチカ！　あなたはまたそんな勝手なことを――」

「構わんが大丈夫かね？　キミたち程度の実力では、それを補いうる強い生徒とそれぞれ組んだ方がいいのでは？　ギアはなんと言っている？」

「え？　ボクとレオニーは最強ペアですよ？」

「ルチカ！」

「はぁ……。まあ、好きにしたまえ。せいぜい、痛い目を見ないようにな」

「やったね！」

「もう……」

こうしてめでたくボクはレオニーとペアを組むことが出来た。

——喜んでいる場合ですか、ルチカ。相手はそこそこ手ごわそうですよ？

（ん？）

対戦相手と思しき二人は男女のペアで、片方は杖を装備した魔法使い風の男性、もう一人はボクと同じく徒手空拳スタイルのようだった。

「《魔法》の勇者候補のアインだ」

「私は《鉄拳》の勇者候補、フリッカよ」

「C〇八八、C一〇〇。お前ら、ギアが示したペアじゃないんだってな」

アイン先輩が、何だか馬鹿にしたような口調で言ってきた。む、感じ悪う。

「そうだよ。ボクらはギアなんかに縛られないからね」

「勝手なこと言わないでください、ルチカ。すみません、先輩。これには事情が——」

「あなたたち、勇者の娘と魔族の娘なんですってね？」

フリッカ先輩の嘲るような言い方に、レオニーの顔が強ばったのを、ボクは見逃さなかった。

でも、それは一瞬のことで、彼女は気持ちを立て直して、そうです、と返事をした。

「はい、私は《万能》の勇者の娘、ルチカは魔族の娘です。それが何か？」

「親が有名人ってのは楽でいいなあ？　お前らの入学試験の成績見たぜ。なあ、フリッカ」

「ええ。あんな成績でも通るのね。大方、親の七光りで上が忖度したんでしょうね」

「ちょっと――！」

あんまりにもあんまりな言いようにボクが気色ばむと、レオニーが腕でそれを制した。

「私たちの実力は、戦ってもらえばお分かりいただけるかと」

「へぇ、言うじゃん」

「生意気ね」

レオニーの凛とした物言いに、先輩たちが顔を歪めた。

「それでは皆、準備はいいな？　各自構えて――始め！」

丁度良く、先生の講義開始の合図が鳴り響いた。

「現実を思い知らせてやるよ、後輩」

「そっちこそ、負けて泣きを見ないでよね、先輩」

互いに獲物や拳を構えてにらみ合う。

「レオニー、どう攻める？」

「ルチカはアイン先輩の方を。あなたの《暴食》とは相性がいいはずです。フリッカ先輩は私が」

「お互いの個性を活かすわけだね。おっけいおっけい」

「……はっ、個性、ねぇ？」

「あなたたち、まだそんな寝言を言ってるの？」

「へ？」

ボクは先輩たちが何を言っているのか分からなかった。

「個性なんざラベルでしかない。戦いはギアをどう上手く使うか、それに尽きる」

「結局、全ては才能がものを言うのよ」

——今から、そいつを教えてやる——そう言うと、アイン先輩は魔法の詠唱を始め、発射体勢に入った。魔力のこもった杖を振りかぶる。

「ルチカ、広範囲凍結、地面！」

ギアで読み取ったんであろう予測を口にするレオニー。その直後、レオニーが口にしたとおりにボクらの周りの地面が氷で覆われた。

「解除します。少し待って——」

「いいよ、これくらい」

「え？」

ボクは構わず、アイン先輩の方へ駆け出した。

「⁉」

先輩の顔に驚きが広がった。ボクの歩みが氷で少しも乱れなかったからだ。

(レオニーの見よう見まねなんだけどね)

入学試験の時、レオニーは《泥地面》の上を《空気足》で駆け抜けていた。ボクが今やっているのも同じ事だった。ボクは固めた空気の上を疾駆すると、アイン先輩をあとちょっとで捉えられるところまで肉薄した。

「――そう来ると思ったわ」

「――!」

声は横から聞こえた。ボクは身体を斜め後ろに流す。そこを大振りの蹴りが薙いだ。躱したからいいものの、まともに食らっていたらなかなかに痛かったはずだ。

「《暴食》だったかしら。魔力や闘気を食べるそうね? その能力を持っているなら、そりゃあアインを相手にするわよね」

邪魔してくれたのはフリッカ先輩だった。

「でもね、そう都合良く戦わせて貰えるとは思わないことよ? 相手の誰と戦うか、実戦ではそれすらギアが決めるものなんだから」

そう言いながら、フリッカ先輩は次々に攻撃を繰り出してくる。鋭い拳、威力の高い蹴り技、果ては組み付いての投げなど、多種多様な技でボクを翻弄する。流石に戦い慣れてると見えて、少しやりにくい。

「ルチカ！」

「おっと、お前の相手は俺だ、勇者の娘さんよ」

ボクの劣勢を見て取ったか、駆けつけようとしてくれたレオニーの前に、アイン先輩が立ちはだかる。

「俺はな、我慢ならねぇことがあるんだ」

「……何でしょう？」

「勇者学校は規律の厳しい学校だ。誰もがそれに耐えて、己を律することを学ぶ」

「存じ上げているつもりです」

「そうか……。それならな――」

アイン先輩が杖を構えた。

「勇者の娘だからって贔屓されてるてめぇは、この学校にふさわしくねぇだろうが！」

「――！」

魔法を使うかと思ったアイン先輩は、あろうことか魔法杖でレオニーに殴りかかった。意表を突かれたレオニーの対応が遅れる。慌てて振り下ろした剣が空を切り、その間合いの内側で、アイン先輩がレオニーのお腹に杖を当てた。

「がっ……！」

次の瞬間、レオニーは吹き飛ばされていた。恐らく、ゼロ距離で魔法をたたき込まれたんだろう。彼女の身体はボクの方に飛んで来た。ボクは慌ててレオニーを抱き留めた。

「おかえり」

「……流石に一筋縄ではいかないようですね」

レオニーが息を整えながら言う。

――助力致しましょうか？

（や、それは逆効果になると思う）

――実はわたくしもそう思います。

（じゃあ、なんで発言したのさ）

――それがわたくしのお茶目なところなので。

ずっと思ってたんだけど、このギア壊れてない？

「一旦、仕切り直しだね。どうしよっか？」

「ギアを使った戦闘には、先輩方に一日の長があるようです。対応力ではとても敵いません」

レオニーが弱音めいた台詞を吐いた。

「降参してごめんなさいするかい？」

「いいえ。……ルチカの力をお借りしたいです」

「いいけど、どうするの？」

「ルチカはチェスプロブレム詰将棋はご存じですか？」

「うん。そんなに得意じゃないけど」

「あれと同じ事です。先輩方を――詰ませます」

レオニーはボクに小声で作戦を聞かせてくれた。

「おーい、いつまで待たせせんだよ、後輩ども」

「お待たせしました」

「ふん……楽しませてくれるのかしら？」

「主にボクらが――ね！」

ボクはこっそり足に溜めていた力を解放して、先輩たち二人の元に踏み込んだ。

「速――！」

「アイン！」

アイン先輩を狙った拳の一撃。対応が遅れたアイン先輩のフォローに、先ほどと同じくフリッカ先輩が横入りしてきたが、さっきまでほど動きに余裕がない。

「こいつ……今まで手を抜いてやがったのか⁉」

「つまんない戦いだと燃えないいんだよ、ボク。でも、先輩たちとの戦いは少しは楽しめそうだからさ」

「くっ……速い……！」

ボクは一撃に載せる重さよりも、手数と速さを優先した動きに切り替えていた。狙いはアイン先輩。魔法使いである彼には、基本的にボクの《暴食》を止めるすべがない。必然的にフリッカ先輩の方がフォローに回ることになり、事実上ボクは二人をまとめて足止め出来ることになる。

「二人同時にだと⁉　舐めやがって――！」

「アイン、油断しないで！　Ｃ一〇〇の動きは本物よ！」

ボクはフリッカ先輩と拳を交えつつ、隙あらばアイン先輩にもちょっかいをかけにいこうとしている。今は粘られちゃっているけど、この分ならボク一人で押し切ることも可能だと思う。

そして更に、ボクは一人じゃない。

「レオニー、そろそろ行くよ！」

「はい！」

レオニーに合図した瞬間、ボクはフリッカ先輩の腕を取ると、関節を極めて投げ飛ばした。

「うわぁっ⁉」

いくら武道家といっても、その機敏な動きを支えるのは足腰だ。宙に浮いていては思うように動けない。アイン先輩からの魔法の補助は、ボクが牽制することで潰す。後は落下してくるフリッカ先輩をレオニーが倒し、二人で残るアイン先輩を倒してチェックメイトだ。

詰んでいる——はずだった。

「母親を殺した種族の力を借りて、恥ずかしくないの⁉」

「——！」

苦し紛れ、とも取れるフリッカ先輩の罵声——それがレオニーの剣閃を乱した。ほんの一瞬、一秒にも満たない間だ。だが、それが命取りだった。

「はあっ！」

「きゃあっ⁉」

迷いの生じたレオニーの剣閃を、フリッカ先輩は逆さまの体勢のまま掌底で弾いた。その勢いのまま剣と接触した拳を軸に身体を回転させると、レオニーに強烈な蹴りをたたき込む。その場で、レオニーが崩れ落ちた。

「レオニー⁉」

「隙だらけだぜ？」

「——！」

とっさにレオニーのケガの具合に気を取られた。生まれてしまった致命的な隙を、アイン先輩が見逃すはずはなかった。

「《暴——》」

「甘ぇ！」

魔法攻撃を予想して咄嗟に《暴食》を発動させたが、アイン先輩が用いた攻撃は魔法杖での打撃だった。魔法使いとは思えない重い一撃が鳩尾に直撃した。息が出来ず、ボクも地面に倒れ伏す。

「身体強化にだけ魔法を使った、純粋な物理攻撃だ。これなら《暴食》とやらも関係あるまい？」

なるほど、確かにその方法なら、《暴食》でも食えない。

「ちったぁヒヤッとしたが、こんなもんか」

「どっちも甘ちゃんね。戦いに臨む覚悟からやり直しなさいな」

ボクらを見下ろしながら、先輩たちがいたぶるように言う。悔しいけど負けは負けだ。敗因は――ボクらの間の信頼関係だ。

「……参りました」

レオニーが口惜しそうに言う。ボクは彼女にそんなセリフを言わせてしまったことが悔しくてたまらなかった。

「さっさと辞めちまえよ、ニセモノども」

「あなたたちのような紛い物に、勇者が名乗れると思わないことね」

言いたいことを言われちゃったけど、返す言葉がない。それほどの実力差があるとは思わないけど、レオニーやボクに足りないものがあることもまた事実だった。

それから少しの間、レオニーはボクと目を合わせてくれなかった。

（ダニタ視点）

「少しは応えたかしら……あのルチカとかいう魔族……」

夕飯の準備をしながら、オレは母さんの愚痴を聞き流していた。母さんもオレも普段は食堂で食事を済ませるが、母さんは機嫌が悪いとオレの部屋にやって来て、食事をねだることがあった。そういう時は大抵、愚痴に付き合わされることがほとんどで、オレはこの時間があまり好きではない。オレを慕ってくれているルームメイトも、母さんのことは少し敬遠しているらしく、母さんが来ると何かと理由をつけて部屋を空けることが多かった。

「アイツのことは、もう放っておけよ」

「そうはいかないわ。魔族が勇者を目指そうだなんて、勇者学校の沽券に関わります」

「どうせあんなヤツ、定期テストのどっかで落とされて終わりだろ？」

「それだけで許せるものですか。あなたをあんな目に遭わせたのに」

「オレはもう気にしてない」

作り上がった鶏肉のホワイトシチューを盛り付けながら、オレはうんざりと言った。勇者学校の沽券にと母さんは言うけど、母さんが気にしているのはどちらかと言うとオレがルチカに負けたことだろう。母さんは過保護でオレに期待を寄せているから、そのオレの価値が貶められたことが許せないんだと思う。オレはそんな母さんが……時々、うっとうしい。

「あなたは優しい子だものね。でも、ダメよ。傷つけられた名誉は必ず取り戻さないと。次に機会があったら、必ず勝ちなさい。いいわね？」

「……ああ」

簡単に言ってくれる。ルチカは気に入らねぇヤツだが、その実力は本物だ。ヤツに戦闘で勝つのは至難の業だろう。とはいえ、やられたままでいるつもりはない。模擬戦ではヤツの《暴食》は初見だったから後れを取ったが、きちんと対策を立てればあの時のような無様は繰り返さないはずだ。活路はある。

だが、それを他人に軽々しく言われるのは不愉快だった。

「あのよ、母さん。ルチカとレオニーにちょっかいかけんのやめろよ。見苦しいぜ？」

母さんを始めとする学校側は、二人を意図的に排除しようとしている向きがある。授業態度の悪いルチカは半ば以上自業自得だが、レオニーまで世話役として連帯責任を負わされているのは、さすがにタチが悪いとしか思えない。

「何を言っているの、ダニタ。問題児と劣等生。まとめて片付くなら学校にとっていいことじやないの」

問題児と劣等生、ねぇ。確かにルチカは問題児だ。レオニーも座学の成績はともかく、実技の成績は揮っていない。だが、ルチカは実技で希有な成績を残しているし、レオニーだって座学の成績は圧倒的だ。言い換えれば、二人ともそれぞれに見るべき能力があると思う。だが、学校はそれを認めようとしない。

「あんな連中はさっさと排除して、早くあなたが過ごしやすい学校環境を整えないとね」

「分かったから、飯にしようぜ」

これ以上、母さんの言葉を聞きたくなくて、オレは話題を変えた。幸い、オレが作る飯は母さんに好評だ。機嫌が直ってくれるといいのだが。

ふと、ルチカたちのことが思い浮かんだ。今はルチカがレオニーに一方的に言い寄っているようだが、レオニーもまんざらでもなさそうな気がする。二人の間にはまだ距離がありそうだが、余計なわだかまりはない。血のつながりはあっても、すれ違いを感じてばかりのオレと母さんとはえらい違いだ。

(こんな風になっちまったのは……父さんが亡くなってからか)

父さんは《戦斧》の勇者だった。どんなに恐ろしい魔物の強烈な一撃でも、決して一歩も下がらなかったという逸話がある。とても優秀な前衛で、父さんがいなければいくら《万能》の勇者が強かろうと、魔王討伐は叶わなかったと言われている。魔王討伐後は勇者学校の設立に尽力し、その縁で母さんと結婚した。

母さんも始めから今のようなきつい性格だったわけではない。実際、父さんが存命の頃の母さんは多少口うるさい部分はあったものの、もっとまともな大人だったように思う。全てが変わってしまったのは、父さんが亡くなってからのことだ。母さんは父さんを神格化して絶対視するようになってしまった。オレ自身も父さんのようになれ、と繰り返し言われてきた。例えばオレの乱雑な口調が咎められないのも、父さんがそうだったからだ。母さんにとっては父さんが全てなのだ。

(何やってんだろうな、オレ)

次代最強の勇者と謳われながら、やっていることは母親のご機嫌取りという現状をかみしめると、空しさがこみ上げてきた。オレはそれを振りほどくように頭を振ると、ホワイトシチューを口にかっこんだ。味なんて何も分からなかった。

(ルチカ視点)

ある日のお昼下がり。ボクは学校の中庭で自主練をしていた。

——とっくにチャイムは鳴りましたが。

（いいのいいの）

ボクはそのまま型稽古を続行した。アイン先輩たちには負けたけど、やられっぱなしじゃ悔しいからね。だからといって素直に講義に出る気もないんだけど。

時折、同級生や上級生が近くを通りかかる。誰もボクを気に留めない。みんな、関わりたくないみたいだった。

——すっかり問題児扱いされていますね。

皆、巻き添えを食いたくないんだろうなあ。レオニーやノールが例外なんだよね。

それにしても、勇者学校は想像以上につまらない。何より講義がだるすぎる。勇者になるための学校って聞いていたから、さぞかし創造的な戦闘の講義があるんだろうと期待していたのに、実際にはギアに任せっぱなしで一人一人の学生に目を向けた講義はほとんどない。

（退屈な座学に、元々強い者がいい成績を残すだけの実技——どこが学校なのさ）

——学校などというものはそんなものでは？

プロトはそう言うけど、あんな内容じゃあ一人で型稽古してた方がよっぽどマシだ。入学前に会った、あのひったくり先輩の言うことが、何となく分かってきたような気さえする。

学校への不満を振り払うように、そのまましばらく自主練を続けたあと、ボクは芝生に寝っ転がった。春のうららかな日差しを楽しみながら目蓋を閉じる。心地よい疲労が睡魔を呼ぶ。

講義サボったこと、またレオニーに怒られるかなあ、なんて思いながら。

レオニーと言えば、彼女とはここ数日ちゃんと会話が出来ていない。アイン先輩たちとの戦いで負けたのがよっぽど悔しかったのか、あるいは何か別に思うところがあるのか。とにかく、レオニーはずっと憂鬱そうだった。放っておけなかったから、まずは小粋な会話でもと思っていつもの調子で口説き文句から入ってみたら、

『あなたはどうしてそんなヘラヘラしていられるんですか。この学校の講義について行けるかどうか、危機感はないいんですか』

と手厳しいことを言われてしまった。

個人的にはアイン先輩たちへの敗戦は連係ミスによるものだと思っていて、座学はともかく実技でついていけなくなることは全く心配していない。こう言うと自信過剰に聞こえるかもしれないけど、最初から本気でいけば、ボク一人でもアイン先輩とフリッカ先輩くらいなら倒せると思う。レオニーとボクに必要なのは相互理解と信頼関係の構築だ。

「まぁでも、そんなの一朝一夕になんとかなる問題じゃないよねぇ」

良い知らせは寝ながら待とう、なんていう人族のことわざがあるらしいし、ここは一つ流れに身を任せてみるしかないかなあ。

「ルチカちゃん」

そのまま眠りにつこうとしていたボクに、不意にかけられる声があった。目を開けると、そ

こには意外な顔があった。ボクは上体を起こした。

「どうしたのさ、ノール。もう講義始まってるよ？」

「うん……」

そこにいたのはノールだった。真面目で優等生な彼女が講義をサボってボクに会いに来るなんて。これはちょっとただ事じゃないぞ、と思いながらボクは会話を続けた。

「ノールもボクみたいな不良になりに来たの？」

「違うよ！　ちょっとルチカちゃんに、折り入って話があって」

「話？」

ノールは少し離れたところにちょこんと座った。うーん、なんだろう。真面目すぎてちょっと口うるさいレオニーならともかく、ノールから何かを言われるのは想像がつかない。よく見ると、ノールは何やら覚悟完了した顔をしている。

——鈍いですね、ルチカ。よく考えれば分かるでしょう。

（え？）

——ノールのような子がこんな大胆な行動に出たのです。そこから予測される理由など多くはありません。

むむむ、これはひょっとして困った事態になったのでは？

「そっか、そうだったんだね、ノール」

「え、ルチカちゃん、分かってくれたの？」

「うん」

そうかぁ……。まさかと思ってたけど、そうだったんだね。

「ノールには苦しい思いをさせちゃったね」

「うん……。二人のこと、見ていられなかったの」

「そうだよね。ごめん、ボクが悪かった」

「ルチカちゃん……」

ボクはノールのところまで近づくと、その潤んだ水色の瞳を見つめながらこう言った。

「ごめん、ノール。キミはとても魅力的な女性だけど、ボクはレオニー一筋なんだ。キミの気持ちには応えられない」

「……え？」

ボクが身を切られるような思いで告げると、ノールは何故だかきょとんとした顔をした。

「え？　ノールがボクと番になりたいっていう話でしょ？」

「ち、違うよ！　全然違うよ！」

「あれ？」

なんかボクは見当違いなことを言ったらしい。

（話が違うじゃないのさ、プロト！）

――……。

(都合が悪くなると黙るよね、キミ！)

このぽんこつギアめ。

それはさておき。

「愛の告白じゃないなら、なんなのさ？」

「レオニーちゃんのことだよ」

「レオニーの？」

ボクが問うとノールはこくんと頷いた。

「レオニーちゃん、今、凄く辛い立場にいるの」

「学校の皆から爪弾きにされてるっていうか、平たく言うといじめられてるっていうか……」

「どういうこと？」

「いじめ、ねぇ……」

プロトとも前に話した通り、レオニーは超絶美少女な上に勉強も出来るから、色んな人にやっかまれやすいんだろう。それは、先日の魔法の講義の様子からも分かる。でも、いじめに遭っていたとして、彼女がそのままでいるだろうか。不条理なことには決然と抗議するイメージがボクの中では強かった。

そんなボクの考えを顔色から読み取ったのか、ノールは、

「こ、ことが自分のことだったらそうしたかも。でも、レオニーちゃんが今の状態になっているのは——ルチカちゃんのせいもあるから」

「え、ボク？」

思わぬ話の展開に、ボクは少し動揺してしまった。そこに畳みかけるようにノールが続けた。

「れ、レオニーちゃんはルチカちゃんのお世話係をさせられてるでしょ？　そのルチカちゃんが真面目に講義に出ないから、それが原因でレオニーちゃんまで責められてるんだよ」

「えええ、そんなことあるの……？」

お世話係なんて必要ないと思ってたから適当に流していたけど、その話は依然として機能している前提だったらしい。まさかそれでレオニーがとばっちりを受けているなんて思いもしなかった。これはボクも流石に反省すべきところだ。

でも——。

「うーん。でもボク、そんなに間違ったことしてるかなあ？」

「え……？」

首を捻って言うボクの言葉に、ノールはよく分からない、という顔をした。

「だってさ、ボク、結果は出してるじゃない？　確かに講義はさぼりがちだけど、実技でボクに勝てる子なんて、同学年じゃはっきり言っていないじゃん？」

「それはそうだけど、座学とか——」

「勇者に求められる一番の資質って戦う力じゃないの？　いくら頭で分かってたって、実際に戦う力がなきゃ意味なくない？」

「それも……そうかもしれないけど……」

そりゃあ、勇者に求められるべき教養とか資質とかもあるんだろうけど、勇者に一番大切なものが戦力だっていうのは動かしがたい事実だと思う。逆に言うと、それを満たしているなら、他はどうだってよくないかと思うんだけど、皆は違うんだろうか。

それに――。

「それにさ、ノールはレオニーがこのままでいいと思う？」

「どういうこと？」

ノールが説明を欲しているようだったので、ボクは苦手な頭をフル回転させて、感じてることを言語化しようとした。

「実は今、レオニーとちょっとケンカしてるみたいな感じなんだけどさ」

「レオニーちゃんとルチカちゃんが？」

「うん。さっきまでそのことについて考えてた。レオニーはさ、なんていうか、勇者の娘であることに縛られすぎだと思う」

「それは……確かにレオニーちゃんにはそういうところあるけど……」

それはノールも感じていることだったのか、彼女は理解の色を示した。

「まず、ギアだけど、レオニーはギアのことをちょっと信じすぎじゃないかなあ。確かにギアは凄い魔道具だよ？　装着者へ最善の選択肢を提示するなんて、ちょっとやそっとで実現できるものじゃない」

「だったら──」

「でもさ、最善ってどういうこと？」

「えっ……？」

今度の問いには不理解を示すノール。ボクは一生懸命言葉を続けた。

「ある状況における最善って、一つだけじゃないでしょ？　例えば戦闘中に相手が剣で斬りかかってくるとして、相手に反撃したいのか、それとも相手を取り押さえたいのかで最善は変わってくるよね？」

「ぎ、ギアは装着者の意向を汲んでくれると聞いてるよ？」

──そうですよ。これでもできる女なんですから、わたくし。

（キミ、女の子だったんだね。……じゃなくて、プロトはちょっと黙ってて）

しゃしゃり出てくるプロトを黙らせつつ、ボクは問う。

「意向ねぇ？　そりゃあ、装着者がどうしたいかハッキリしてるときはいいよ？　でも、そうじゃないときは？」

「あ……」

今度はノールにも伝わったようだった。

「そう。判断するのが難しいことっていっぱいあるよね？　むしろ簡単なことの方が少ないくらいだと思う。ギアってその判断能力の部分をどんどん弱らせていくように、ボクは思えるよ。ボクらが目指す勇者って、そんなんで本当にいいわけ？」

「それは……」

ノールは返答に詰まった。というか、彼女にとってギアがあることは当たり前すぎて、ボクが言ったような欠点らしきものがあるかもなんて、思いもしなかったという様子だった。

「この学校の子たちはみんなそうだけど、特にレオニーはギアを過信してると思う。まあ、気持ちは分かるよ？　講義で言ってたけど、ギアはレオニーのママが作った魔道具なんでしょ？　だから大切に思うのは当然だと思うけど、度が過ぎれば何だって毒だよ」

アイン先輩たちとの模擬戦の時もそうだ。あの時の敗着はレオニーの動揺と、それを生み出してしまったボクらの信頼関係の薄さだった。ボクの方に彼女に対する隔意は微塵もないけど、レオニーの方はまだボクをそれほど信頼してくれているとは言えない。魔族であるボクを信頼していない、というよりも、自分自身が勇者の娘であることやギアに思い入れがありすぎるようにボクには見える。

「……」

ノールにも思い当たることがあるのか、彼女は考えを巡らせるように瞳を閉じた。

ギアへの傾倒だけじゃない。逆境に置かれてもめげない態度も彼女のしがらみから来ているものの一つじゃないかと思う。ボクは彼女が弱音を吐くところを見たことがない。きっと彼女は理不尽と戦い続けることが、あらがい続けることが当たり前だと思ってる。それは多分、レオニーが勇者の娘としてあるべきあり方を実践しているからで、彼女の美徳の一つかもしれないけど、これだって度が過ぎれば毒には違いない。

「でも、それとルチカちゃんが講義をサボることとどう繋がるの？　それとこれとは別じゃない？」

「ボクが言葉で言ったたって、レオニーにはきっと届かないよ。幼なじみのノールから言ったならひょっとしたら効果あるかもしれないけど、ボクはまだ彼女との日が浅いからね。だから、ちょっと荒療治だけど、実演して間近で見て貰おうと思って」

したいことをする、生き方を。

「それじゃあ、ルチカちゃんが講義をサボってるのはわざとなの？」

「ボクはレオニーをもっと自由にしてあげたいんだ」

ギアの導きだとか、勇者の娘としての義務だとか、そういうレオニーが囚われている「～すべき」から、ボクは彼女を自由にしてあげたい。もっと彼女が「したい」ことが出来るようにしてあげたい。だってそうでなきゃ人生つまらないでしょ？　好きになった相手には幸せになって欲しいじゃん。

「私……レオニーちゃんの何を見てきたんだろ……。ずっと側にいたのに」

「自分を責めないでね、ノール。ノールは良くも悪くもレオニーに近すぎた。二人とも勇者一行の娘だし、二人は幼なじみだったんでしょ？　境遇も似てたし、二人にとっての当たり前が似すぎてたんだと思うよ」

「そういう意味では、ルチカちゃんは全然違う環境から来た人だもんね」

「うん。だからレオニーを見て、変だなあおかしいなあっていうとこ、よく見えたんだと思う」

もちろん、魔族の価値観が全部正しいわけじゃないっていう前提で。

――酷い言われようですね、わたくしたち。

（一般論だよ？　プロトはそんなに悪いヤツじゃないような気がする。性悪ではありそうだけど）

――失礼な。

まあ、プロトは置いておいて。

「ねぇ、ノール。ノールはレオニーのことが好きだよね？」

「えっ⁉」

「友だちでしょ？」

「なんだ……そういう意味かあ……。うん、それなら、うん」

「なら、力を貸して欲しいな」

「？　何に協力すればいいの？」

「レオニーのあり方を変えることに」

ボク一人じゃあきっと、レオニーは変えられない。ボクと彼女は良くも悪くも違いすぎるし、レオニーは頑なだから。でももし、これまで彼女と一緒に過ごしてきたノールが協力してくれるなら――レオニーに一番近い彼女までもが、今のレオニーのあり方に異議を唱えてくれるなら、あるいはボクらの声だってレオニーに届くかもしれない。

「ね、ノール。ボクと共犯になってよ」

ボクはノールに右手を差し出した。

「……仕方ないなあ。乗って上げる、その話」

ノールはおずおずと、しかししっかりとボクの手を摑んだ。

「よーし。これで対レオニー共同戦線の成立だね」

「うん。これからよろしく。あ、でも――」

「でも？」

「講義はサボらず出ること。流されちゃうとこだったけど、レオニーちゃんを自由にすることと講義をサボることは、必ずしも同じじゃないでしょ？」

「あちゃあ、誤魔化されてくれなかったかぁ……」

さすがノール。レオニーの友人やってるだけのことはあるなあ。ボクはそのままノールに引きずられていき、途中から講義に出席する羽目になったのだった。もちろん、レオニーにこっぴどく叱られたのは言うまでもない。

第三章

「ルチカ、またサボりですか！」

「ごめんね、レオニー。先生には上手く言っておいて」

「言いませんよ！　真面目に講義を受けてください！」

「だって次の講義、アリザ先生でしょ？　パスパス」

「ルチカ！」

口を酸っぱくして言ってくるレオニーの苦言を背中に聞きながら、ボクはいつもの通りに講義をぶっちした。ノールに咎められてから他の先生の講義は出来るだけ出るようにしてるんだけど、アリザ先生は露骨にボクを目の敵にするんだもん。相手にするだけで疲れちゃうよ。講義自体もめっちゃハイペースでついて行くの大変すぎるし。

ボクは講義棟を抜け出すと、中庭の原っぱで横になった。空が青い。そろそろ夏も近いのかな。晩春の風が心地いいなあなんて考えながら目を閉じると、ボクはあっという間に眠りの底に落ちていった。

次に目を開けると、辺りはもう暗くなり始めていた。

あ、これ、またやらかしたっぽい。アリザ先生の講義どころか、今日の残りの講義をまとめてぶっちしちゃったみたいだ。しまったなあ。割と嫌いじゃない実技の講義もあったのに。

「ま、いっか」

起きちゃったことはしかたない。先生たちには後で謝りに行こう。

——それなら最初からサボらなければいいのでは？

（しょうがないじゃん。アリザ先生の講義、ほんっとうに苦痛なんだもん）

ボクが不真面目な生徒であることは否定しないけど、アリザ先生の態度にだって問題はあると思う。

「……うん？」

寮の部屋に戻ってくると、扉の前でボクは妙なことに気がついた。中から気配がするのだ。

レオニーのはずはない。彼女はいつも遅くまで自習しているから、この時間にはまだ戻ってこない。何より扉が開いたままだ。レオニーならこんな不用心をするはずがない。

（泥棒かな？）

——答え合わせは必要ですか？

（や、自分の目で確かめたい）

ボクはワクワクしていた。いや、こんな時にワクワクするなんて不謹慎と思うかもしれないけど、非日常はボクの大変好むところなのだ。ここ最近、ちょっと退屈なことが続いてたから、これは丁度いい。捕り物なんてちょっと楽しいじゃないか。

ボクは静かに部屋の扉を開けると、中の様子をうかがった。物音は聞こえないけど魔力の反応を感じる。おまけに「うーん……」だとか「ううう……」だとかうめき声まで。賊が品定めでもしてるんだろうか。

寮の部屋は十畳ほどの二人部屋だ。二人分のベッドと机があり、それ以外の調度は最低限しかない。つまり、遮ったり隠れたりする場所はほぼない。窓があるから逃げられるとすればそこからだけど、逆に言えば逃げ場はそこしかないから、追いかけるのも簡単だ。よし、とボクは心を決めた。

「動くな！　ボクとレオニーの愛の巣に盗みに入るなんて、不届き千万！　大人しくお縄に——ってあれ？」

「う……」

部屋に踏み込んでみると、泥棒なんてどこにもおらず、中にいたのは倒れているレオニーだった。

「ちょ、レオニー⁉　どうしたのさ⁉」

ボクは慌てて彼女に駆け寄ると、レオニーを抱え起こした。ボクは彼女の体臭をくんくんとかいだ。病気をしているような匂いはしない。外傷も見当たらないからケガとかでもなさそうだ。よく見ると、彼女の顔には酷いくまがあり、見るからに睡眠が足りていないようだった。

頬もこけているように見える。とすると——？

（睡眠不足からくる貧血ですね）

あちゃあ。

「う……？　ルチカ……？」

「気がついた？　もうちょっとじっとしてて、ベッドに運ぶから」

ボクはレオニーをお姫様抱っこすると、彼女をベッドに寝かせた。レオニーの身体は嘘みたいに軽くて、その事実がボクを余計に心配にさせる。

「すみません、ルチカ。ご迷惑を」

「いいって。それよりもうちょっと眠った方がいいよ。キミ、あんまり寝てないでしょ？」

「……」

「何か悩み事があるんなら聞くけど、ボクに話しづらければノールを呼んでくるよ」

「いえ……大丈夫です」

うーん。全然、大丈夫そうじゃない。

「レオニーさ、ボクのことは信頼出来なければ信頼しなくていいんだけど、お節介は焼かせて欲しいな。パートナーとまでまだ自意識過剰じゃないけど、少なくともルームメイトなんだし」

「……すみません」

「謝って欲しいわけじゃないいんだけどね」

そのまま、少し沈黙が続いた。

「上手く……いかなくて……色々」

レオニーはおずおずと口を開いた。ボクは彼女の布団を直しながら、視線で先を促した。

「勇者学校に入学してからこちら……実技も人間関係も……ちっとも上手くいきません……」

「その責任の一端はボクにもありそうだね」

「そういうことが言いたいのではなく——」

「そうだね、ごめん。続けて？」

話の腰を折ったことを謝ると、レオニーは頷いた。

「私なりに頑張ってきたつもりなんです。でも、結果が伴っていません。私は……勇者の娘なのに」

「レオニー……。勇者の娘だからって、何でも出来るわけじゃないよ」

「それは分かっています。私など、お母様には遠く及びません。でも、私は最低限のことすら出来ていない」

「そんなことないと思うけどなあ。レオニーは自己評価が辛すぎるよ」

例えば座学なら、レオニーはダントツで優秀だ。そのことをボクが指摘すると、

「私たち勇者候補生に期待されているのは強い力です。知識だけあっても、実践出来なければ意味がありませんよ」

「うーん……レオニーってば真面目すぎ」

それはボクがノールに言ったことでもある。でも、それをレオニーに言われると、そんなことないよと言いたくなる。

——惚れた欲目ですね。

（違うと思う）

直感でしかないけど、勇者であるっていうことは、きっとボクが考えているよりも複雑なんだろう。思い悩むレオニーを見ているうちに、そんなことを思った。

「私は真面目ではありませんよ。趣味にかまけてこんな風に倒れてしまうくらいですから」

「趣味？」

「ルチカ、それを取って貰えますか？」

レオニーが指し示したものをボクは拾い上げた。

「これは……魔道具？」

「はい、生活魔法の……」

そう言うと、レオニーは恥ずかしげな表情を浮かべた。

生活魔法というのは魔法の一種で、身体を綺麗にしたりお湯を沸かしたりといった、日常生活を便利にする魔法全般を指す呼び名だ。勇者学校ではあまり重視されていないけど、一般市民にはとてもありがたがられている魔法で、使用人口で言えば恐らく最も術者が多い魔法の一つだ。

「これはお湯を沸かす魔道具……かな？　ポットの底に火の魔方陣が刻んである」

「分かるんですか？」

「元々、魔道具は魔族の文化だからね。ある程度は」

魔法や魔道具は元々魔族が得意とする分野だった。勇者が魔王を破って人族と魔族が講和した後、魔族の文化が人族にも広まって、今の人族の魔道具文化がある。ギアは魔族のものじゃないけど、魔族の持っていた魔道具技術を人族が導入発展させて作ったと講義で習った。

「そうなんです！　これは画期的な発明で、魔力の弱い一般人でも使えるような工夫が無数にあるんです。中でも凄いのがこの魔方陣で、高すぎる火属性魔法の瞬間火力を時間方向に均等化して、さらに火力の微調整をするために――」

そこまで喋って、レオニーは自分が喋りすぎていることに気がついたようだった。

「……すみません。少し興奮しました」

「謝ることないでしょ。好きなんだね、生活魔法」

「はい。勇者学校での生活が上手くいかない中、私にとって生活魔法の研究はいい気晴らしだったんです。ただの下手の横好きなのですけれどね」

レオニーは剣術一筋かと思っていたから、ちょっと意外ではあった。でも、生活魔法について語るレオニーは、普段のクール過ぎる彼女よりもずっと楽しそうだった。

「……笑わないんですか？」

「笑う？　どうしてさ？」

「だってこんなの……なんの意味もありません」

そう言って自嘲するレオニーのことが、ボクはよく分からなかった。

「意味ないなんてことある？　何だって知ってる方が役に立つでしょ？」

「それはそうですが、ギアが示した私の才能は剣術です。生活魔法なんて身につけても、長じることはないんです」

無意味なんですよ、とレオニーは悲しそうに笑った。またギアか、とボクは思った。ギアは着けた者がどんな分野に才能があるかすらも提示するらしい。ボクはプロト以外のギアをかなり疑ってるけど、レオニーはそれを信じ切ってる。まあ、仕方ないのかな。お母さんの遺産みたいなものだし。

(でも、それにしたって、ねぇ)

──ええ。

プロトの頷きに勢いを得て、ボクは率直に思ったことを述べることにした。

「無意味なもんか」

「え？」

「自分の手札を増やすことが無意味なはずないよ」

レオニーはきょとんとしている。

「仮にギアが示すレオニーの一番の才能が剣術だっていうのが正しかったとしても――」

「ギアは正しいですよ」

「あーもう、じゃあ、正しいとして！　それ以外の技術や知識を収めておくのだって大事なことでしょ？　技術や知識が増えれば出来ることが増える。それは自分の手持ちのカードを増やすことだもん」

「あ……」

レオニーにも伝わったようだ。剣術が一番の才能だったとしても、それだけにこだわる必要はないはずだ。むしろ、一番得意な剣術を効果的に使うために、他の技術を身につけることが有効なことだって多いはず。自分の手札を増やすことが無意味なはずがない。

「でも、生活魔法ですよ？　他の攻撃魔法や補助魔法ならともかく、生活魔法なんて勇者の力には――」

「勇者に求められる一番の能力が戦う能力だってことは認めるよ。でも、それってこれからもそうだと思う？」

「これから？」

「そう、これから」

ボクはお湯を沸かす魔道具を持ち上げると、生活魔法で中に水を入れるとお湯の用意を始めた。レオニーがよく眠れるように、薬湯でも作ろうと思ったのだ。

「人族と魔族の戦いはもう決着がついたでしょ？　まだ人族同士の戦いは続いているとはいえ、勇者が戦いの才能を一番に求められるのは、少しずつ過去の話になっていくんじゃないかな」

魔族だって人族だって、生きている以上は争いごとは絶えないだろうけど、人魔大戦のような決定的な争いは徐々に減っていくんじゃないだろうか。

「……確かにそういう傾向はあるかもしれません。ですが、ギアが示すのは戦いの才能だけにとどまりません。事実、ギアのお陰で勇者学校は様々な分野で、有能な人材を安定的に輩出し続けてきました。問題は私にはそういった才能もないことで――」

「ねぇ、レオニー？　才能だとかギアだとか勇者の娘だとか、そういったことを一旦忘れて答えて。キミが今、一番やりたいことはなに？」

「――！」

ボクの質問はレオニーには思いもよらないことだったようで、彼女ははっとした顔をした。ボクは続ける。

「もちろん、レオニーが剣術だけを究めたいって言うなら止めないけどさ。その様子を見ると、ホントは好きなんでしょ、生活魔法？」

「……はい」

レオニーはようやく認めてくれた。それで憑きものが落ちたのか、レオニーはぽつぽつと語り始めてくれた。

「本当は……私は剣術よりも生活魔法を研究したいんです。剣術は戦う技術ですが、生活魔法は人々の暮らしを豊かにする技術です。本当は私は、人々の役に立ちたいのです」

《万能》の勇者の娘としてあるまじきことですが、と言いつつ、レオニーは続ける。

「ギアは私のあるべき姿を示してくれます。私にはどんな才能があるのかさえも。それは今でも正しいと私は思います。けれど、時々思うのです。才能がなければ、何かをしてはいけないのか、と」

それは吐露だった。長年、勇者という呪縛、その具現たるギアに縛られ続けてきたレオニーが、ようやく口にすることの出来た疑問だった。

「きっと私は勇者の娘失格なのだと思います。こんなことを思ってしまうなんて。でも、考えずにはいられないんです。人々の暮らしを豊かにすることに人生を捧げられたら、どんなに幸せだろうか、と。そんなこと、私には許されるはずもないのに」

変ですよね、と言って、レオニーはまた自嘲した。

——知っていたことではありますが、彼女は重症ですね。

（ホントだよ、まったく）

ボクはあきれ半分でプロトに答えつつ、

「変じゃないよ」

「……え？」

「全然、変じゃない。むしろそれが正解だよ、レオニー」

「ルチカ……？」

淹れた薬湯を差し出しながら、ボクはレオニーに笑いかけた。

ボクは嬉しかった。レオニーがちゃんと自分で考えていてくれたことが、とても。ボクはてっきり、レオニーは勇者としての理想やギアに完全に盲従しちゃってるのかと思っていた。

でも、違った。彼女はちゃんと考えていた。示されるだけの「正解」を鵜呑みにせず、苦しみながらもずっと考え続けていた。そんな彼女を尊敬するし、愛おしいと思う。レオニー、やっぱりキミはボクの番になるべき人だよ。

「ボク、お手伝いしたい！」

「え？」

「レオニーの生活魔法研究、ボクも一緒にやらせてよ」

「そんなの、ルチカに何のメリットもありませんよ？」

「ないわけないでしょ」

とはいえ、まだまだ分かっていないレオニーに、ボクはおでこをつんと指でつつきながらこう言った。

「レオニーのしたいことが、ボクのしたいことだよ？」

「……っ⁉」

途端、レオニーの顔がまた真っ赤になった。レオニーって色素が薄いから、赤くなると分かりやすいんだよね。

——気障すぎませんか？

（人族が奥手すぎなだけだよ）

好意や愛情表現はいくらしたってしすぎることはないとボクは思う。

「す、好きにしたらいいと思います」

「うん、好きにするね。好きな人に」

「ま、またそういう妄言を……」

「妄言じゃないってば。レオニーもそろそろ強情張るのをやめて、ボクと番になろうよ」

「なりませんってば」

そう言ってレオニーは薬湯を一口すすった。「苦いですね」と思わず言った彼女だけど、その顔はセリフに似合わない、花がほころぶような笑顔だった。

次の日から、ボクらはさっそく生活魔法の共同研究を始めた。といっても、主に研究するのはレオニーでボクは補助。最初の頃にプロトが示したボクの才能は魔法だったけど、実際ボク

には魔力も潤沢にあるからレオニーの研究の役には立てそうだった。

今日は日曜日で学校はお休み。ボクとレオニーは魔道具の部品を買いに市場へやって来た。うんうん、人族有数の国の王都ということで、市場は朝早くから人混みでごったがえしていた。活気があるのはいいことだね。

「あれ？」

「どうかしましたか、ルチカ？」

「今、アリザ先生の姿が見えた気がするんだけど……」

見間違いかな？

――あちらは闇市場ですね。

（闇市場？）

――正規のルートでは出回らない、後ろ暗い品々が売り買いされる場所です。なんでも、盗品やら軍の横流しやらが流れ着くこともあるとか。

（そんな場所、勇者学校の関係者だったら――）

――近づくのも禁止されているはずですね。

あの堅物先生がそんなとこ行くわけないか。じゃあやっぱり、見間違いかな。

「まあいいや。レオニー、何から買う？」

「そうですね、スクロールを買い足しておきたいです」

スクロールというのは紙に魔方陣を刻んだもので、魔力を通すと刻まれた魔法が発動するという便利なアイテムだ。魔道具と違うのは、ある程度の魔力がないと使えないことで、一般市民にはスクロールよりも少ない魔力で使える魔道具の方が便利なんだけど、スクロールの方がお安い。基本的に一度しか使えない使い捨てなんだけどね。

レオニーのお目当てはスクロールそのものではなく、そこに描かれている魔方陣なんだろう。彼女の最近の研究課題は魔力効率のよい魔方陣らしく、色々なサンプルを集めていると昨日言っていた。

「じゃあ、スクロール屋さんからかな」

「はい。あっちです」

レオニーが先立って歩き出したので、ボクもそれに続く。

「凄い人の数だね」

「王都で一番大きな市場ですからね」

「はぐれないように手でも繋ぐ？」

「子どもじゃないんですから」

断られちゃった。もう、レオニーったら、ガード堅いなあ。

「子どもで思い出したんですが……」

「ん？　なに？」

「ルチカって子どもの頃、どんな子だったんですか」

「お、興味ある？」

「まあ、少しだけ」

前を歩くレオニーは振り返りもしない。

（もうちょっとデレてくれてもいいのになあ）

——ナンパ師と名高いルチカでもてこずっているようですね。

（誰がナンパ師だよ）

適当なことを言ってくるプロトを黙らせつつ、ボクはちょっと昔を振り返ってから答えた。

「そうだねえ……。何ていうか浮いてる子どもだったかなあ」

「浮いている？」

「うん。あ、レオニー。ボクちょっとお腹すいちゃった。りんご買っていい？」

「……どうぞ」

「ありがと。おねえさーん、りんご二つくださいな」

ボクは無事りんごを二つ手に入れると、一つをレオニーにあげてもう一つをかじりながら続けた。

「ボクって角がないじゃない？」

「ええ、本来は角も魔族の証しらしいですね？」

「うん。これはボクがちょっと特殊な経緯で生まれた魔族だからなんだ」

「特殊な経緯とは？」

「対《万能》の勇者戦への決戦兵器」

「⁉」

　さすがにレオニーがぎょっとして振り向いた。ボクは意図通りに驚かせることが出来てご満悦である。ついでに彼女を誘って市場の噴水のへりに並んで腰掛けた。

「ボクのママは強い魔族だったんだけど、《万能》の勇者のことを凄く高く評価してた。ひょっとすると人族よりもね。だから、彼女に勝つために色んなことを試した。手下の魔族を改造したりね。その中の一つがボク」

　りんごをもう一口かじって続ける。

「ボクにはね、ママの勇者研究の粋が使われてるんだって」

「勇者研究……」

「ママは《万能》の勇者に対抗するにはその力を取り込めばいいと考えたの。だから戦いの中で得られた《万能》の勇者の血肉を使っていろんな実験をした。そうして生まれたのがボク。ボクは普通に血の交わりで生まれた魔族じゃないから、角が生えなかったんだってさ」

　まあ、ボクはママと勇者との決戦には間に合わなかったんだけど、と笑うと、レオニーは複雑な顔をした。

「角がないせいで結構、奇異の目で見られてね。おまけに魔族の中では結構いい血統だったもんだから、みんな迂闊にからかうこともできなかったみたいで、ひたすら距離を置かれてた。人族の言葉で針のむしろって言うんだっけ、こういうの？」

「ルチカ……」

レオニーの顔に同情の色が見えた。うーん、話し方まずったかな？

「別にボクはそこまで気にしてないんだ。ただ、保護者だったばあやが心を痛めてね。こんなことになったのも全て《万能》の勇者のせいだ、なんて逆恨みしてたなあ」

「それは……正当な恨みな気がします」

苦々しく、レオニーが言う。

「でも、ボクは《万能》の勇者――レオニーのママを恨んでなんかいないよ？　むしろ憧れてる」

「憧れ？　自分の母親を倒した相手をですか？」

「あー……これは多分、人族と魔族の価値観の差かなあ？」

説明がいる、とボクは思った。

「魔族って基本的な価値観が強さなんだよね。強いっていうことが何より偉い。だから魔族の中でも強かったママは偉かったし、それを倒した勇者はもっと偉い」

「……私には共感しづらい価値観です」

「みたいだね。でも、レオニーは不思議に思わなかった？　人族と魔族の講和、不気味なくらいスムーズに進んだでしょ？」

「それは少し気になっていました。歴史の講義で習いましたが、人族にとってかなり有利な内容の講和だったので」

「それも理由は同じ。強いヤツには従おうっていうのが魔族の価値観だからね。逆に言うと、人族が弱くなったらいつでも反旗を翻すつもりだったと思うよ。魔族の中には戦後、虐げられた者たちもいたし」

「――！」

それは予想外だったのか、レオニーの顔が強ばった。戦後、相互尊重の基本原則が打ち出された魔族と人族だけど、そうは言ったって勝者と敗者だ。魔族の中には隷属を強いられた者もいたって聞いてる。人族同士の戦争の道具にされたり。反感を抱いた魔族の中には、もう一戦やらかしてやろう、なんて声もなくはなかった。

「過去形、なんですよね？」

「うん、過去形。実際、魔族も戦争なんて好き好んでやってたわけじゃないから。魔族は血の気の多いヤツが多いけど、命のやり取りまでいくのはよっぽどの時だけだよ……と、話が逸れたね、ごめん」

「いえ」

閑話休題。

「とにかく、ボクは勇者を恨むよりも憧れたんだ。さっきも言ったように、ボクにとって魔族領は必ずしも居心地のいい場所じゃなかったし、ボクはもっと強くなりたかった。だからばあやの目を盗んで飛び出して来ちゃった」

「……ルチカが勇者学校への入学を望んだのは、そういう背景だったんですね」

「そういうこと。まぁ、正直この学校にはちょっぴりがっかりしたけど、ルチカやノールにも会えたからね。悪いことばっかりじゃなかった。二人とも闘気や魔力が美味しいし」

「美味しい？　闘気や魔力に味があるんですか？」

レオニーがびっくりしたように目を大きくした。

「うん。なんかその人の人となりが反映した味がするね。レオニーは凄ーく密度の濃い優しい味。ノールはふんわりした甘くて柔らかい味。ダニタなんかはまた別の味わいがあって面白かったよ」

「ルチカ、あなたそんなつまみ食いをしてたんですか」

「あははは、ごめんごめん。《暴食》で色んな人の魔法や闘気を食べてたら、癖になっちゃって。でもこれも当たり外れがあってさ、美味しくて相性のいい魔法や闘気を食べるとめっちゃ元気になるんだけど、不味くて相性の悪い魔法や闘気を食べると体調がむしろ悪くなるんだよ。多分、アリザ先生のとか食べたらイチコロだと思う」

「ふふ、ルチカったら」

　ボクがおどけて見せると、レオニーは小さく笑った。あ、かわいい。

　などと思っていると、りんごを芯まで食べきってしまった。もう一個くらい買っておけばよかった、とボクが考えていると、

「……私には、勇者になる以外の選択肢がありませんでした」

　レオニーがぽつりと言った。

「物心ついたときから、私は私である前に勇者の娘でした。そうあれかしと育てられ、実際、そのように育ちました」

　育ててくれたのは、母の親類でしたが、とレオニーは続ける。

「物心つく前にはギアが与えられ、その導きを信じてずっとそれに従ってきました。迷いや悩みがなかった訳ではありませんが、私はギアを信じてきました。ギアとは私にとって、運命のようなものだったのです」

　横目に盗み見たレオニーはいつものように無表情だった。

「でも、最近は——勇者学校に入り、思うように結果が残せない毎日を過ごしていると、本当にこれでいいのかと思うことがあります」

「レオニー……」

「ルチカも言っていましたよね。ギアの示すことは正しいかもしれないけれど全てではない、

と。薄々、分かってはいたのです。ただ……私はそれでも信じたかった」

血のにじんだ言葉だ、とボクは思った。この一言の中に、彼女が歩いてきた人生とその苦悩がにじんでいる。ボクはそれを伝えて貰ったことを光栄に思うと同時に、レオニーの心を少しでも軽くしてあげたいと思った。

「レオニーが信じたかったのは、ギアそのものじゃないんだね」

「……はい」

「レオニーが信じたかったのは、キミのママだ」

「……そうです」

彼女はギアという魔道具を信じたかったんじゃない。周囲に言われるまま、それに従った訳でもない。ただ、レオニーは信じたかったんだ。《万能》の勇者と呼ばれた——人類を救った英雄となった自分の母親のことを。

「母は戦いに赴いていたので、直接触れ合った記憶は数えるほどです。でも、今はもうおぼろげな記憶たちの中で、今でも鮮明に覚えているものがあります。母はこう言いました」

——誰もが幸せになれる世界を、私は作るよ。レオニー、あなたのために。

その言葉は勇者の祈りだったのだろう。でも——。

「だから、私は思うのです。母が残してくれた今の世界を信じたい、と。勇者として最後まで戦った母の残してくれたものが、間違っているはずがない、と」

母親の残した言葉は、今やレオニーにとって呪いとなっている——ボクにはそんな気がした。

「——変なことを話しました。こんなことを話すつもりではありませんでした」

「変なことなんかじゃないってば。ボクはレオニーのことが知れて嬉しかったよ」

「そうですか……？」

「そうだよ」

それからほどなくスクロール屋さんに到着した。ボクらはそこで何枚かのスクロールと魔方陣の解説書を購入した。

帰り道、

「ギアの示す道から外れ始めた私は、母の残した世界を否定しつつあるのかもしれません……」

返事を期待していない声色だったから何も言わなかった。でも、ボクはもう我慢の限界だった。

「——！　ルチカ……」

「手を繋いでてくれる？　ボク、お子様だからさ」

そう言って笑いかけると、レオニーは最初戸惑うような様子をみせたけど、やがて諦めたように笑って、

「仕方ないですね」

そう言ってぎゅっと手を握り返してくれた。

「じゃあ、布団に入ってー？」

「はい」

「うん」

ここは寮のボクらの部屋。でも、何故だか今、室内には三人の人影がある。ボク、レオニーそしてノールだった。話は買い物から戻った夕方に遡る。

『ずるい。レオニーちゃんとルチカちゃん、二人だけでお出かけしたんだ』

外出から戻ってきたボクらを見て、ノールが発した第一声がそれだった。彼女はふくれっ面で拗ねたようにそう言うと、ずるいずるいとだだをこねた。

『最近、レオニーちゃんとルチカちゃん、仲いいよね。私は仲間はずれにされて寂しい……』

『いやあ、そんなこと……あるけど？』

『む、むきー！』

『そんなことありません。気のせいです』

あるぇー？

『親友であるノールを仲間はずれにするわけないでしょう。ノールは時々、迷走しますね』

『迷走……』

『レオニー、さりげなく酷いこと言ってる自覚ある？』

とはいえ、レオニーも言うように、ノールは彼女の大事な友だちだ。そんなノールに寂しい思いをさせたとあっては女がすたる。ボクは出来る女だからね。

『なら、親睦を深めるために、パジャマパーティでもする？』

『パジャマパーティ？』

『また卑猥なことですか？』

ボクの提案に二人は怪訝な顔をした。

『またって何さ、またって。ボクはいつでも健全です。お菓子とか食べながら、夜更かししてお喋りすることだよ』

『あ、楽しそう』

『まあ、それくらいなら』

というわけで、急遽開催が決まったのがこのパジャマパーティなのだ。勇者学校は規律が厳しくて、本来であればノールはここにいられない。点呼もあるからね。でも、彼女は同室の先輩に口裏を合わせて貰って、こっそりやって来たのだ。後で課題研究を手伝うからって説得したんだって。

三人とも今はパジャマ姿で、ボクは白と水色のオーソドックスなパジャマ、レオニーは赤い厚手のパジャマ、そしてノールは……。

「ノールってばそんなセクシーな寝間着なんだね」

「もうこれはパジャマじゃなくてネグリジェですよね」

「あんまり凝視しないでよぅ……。出来るだけ軽い服じゃないと眠れないんだもん」

ノールが身につけているのは、クリーム色のうっすい布きれとでも言った方がいいようなネグリジェだった。同性でもちょっと目のやり場に困るようなセクシーなヤツで、内気で引っ込み思案なノールがこんな大胆な寝間着を着ているというのは、ちょっとドキドキする。

――浮気ですか？

（や、ボクはレオニー一筋だけど）

でも、こうして見ると、ノールはスタイルがいい。ボクはお胸とお尻は大きいけど身長が低いのだ。ノールは出るところは出て、引っ込むところは引っ込んでいる。レオニーだって、グラマラスな体形ではないけれど、上背があってすらりとした均整の取れた体つきだ。うらやましい。

「ノールもレオニーもスタイルが良くっていいなあ」

お菓子を食べつつ、ため息のようにボクは言った。ちなみにお菓子はボクが持ち込んだ安い駄菓子が一番好評だ。レオニーとノールはそれぞれビスケットとクッキーを持ち込んでくれたんだけど、固いし甘さもいまいちであんまり美味しくなかった。この国のお菓子って糧食めいてるんだよねぇ。後で美味しいお店を教えて上げよう。

「それは私のセリフです。ノールは言わずもがな、ルチカだって胸や腰の肉付きはいい方ではありませんか」

私はバストもヒップもすとんとしていて、とレオニーが嘆く。するとノールも、

「す、スタイルだったら、私はレオニーちゃんが一番いいと思うな。あんまりお胸やお尻が大きいと、変に男の子の目を引いちゃうし……」

「ああ、それ分かる。向こうはこっそり見てるつもりなのかもだけど、やっぱり分かっちゃうんだよねえ、ああいうのって」

「うん」

ボクだってきれいな女の子がいたらついつい見ちゃうから、気持ちは分かるんだけどね。

「見られるだけ幸せではありませんか？　私なんてそんな視線を感じたことすら――」

「レオニーは鈍すぎ！」

「え？」

「私もルチカちゃんに同意だよ」

プロトも言っていたけれど、入学して以来、レオニーはもう片手では足りないくらいの男の子から告白されている。そんな彼女を男の子たちが見ていないわけがない。

「レオニーみたいなかわいい子を、見てないわけないでしょ」

表向き、レオニーは劣等生として学校で腫れもの扱いされてるにもかかわらず、それでもこんなにモテるんだし。

「そうでしょうか……。ルチカのように可愛くてメリハリのある体つきや、ノールのように均整の取れた美しい体ならまだしも、私のようなつまらない容姿では――」

――ルチカ。

（ん？　なに、プロト？）

――ギアの裏データを参照なさるといいかと。

（裏データ？）

――わたくしたちギアは様々なデータを自動で収集しているのですが、その中に異性から視線を向けられた回数というものもあるのですよ。勇者学校入学以降の期間で、三人を比較してみるといいと思います。

（ギアってホント何してんのさ……）

――まあまあ。レオニーやノールにも教えてあげてください。値の参照の仕方は――。

プロトが教えてくれた方法を、ボクは二人にも教えた。

「これは……」

「は、はわわわ……」

「二人とも、どう？」

具体的な数値が示されたことで、二人とも少し顔を赤らめている。

「私は八百九十七回みたい。こんなに見られてたなんて……」

ノールは腕を巻き付けるように、自分の体を隠した。まあ、このネグリジェ姿が知られたら、間違いなくそんな回数じゃすまないだろうけど。

「私は千二百五回のようです。意外です……」

ノールの回数を上回っている。ほらね。

「そうだと思った」

「れ、レオニーちゃんが注目されてないわけないよね」

「そういうルチカはどうなんですか？」

「ボク？　待って、プロトに聞いてみる」

というわけで、教えてもらったのだが、

「ウソぉ……！」

「どうしました？」

「何回だったの？」

「……に、二千八十一回だって」

「……」

「……」

レオニーとノールの視線が冷たくなった。　えええ……。

「いや、これ、絶対なんかの間違いだって！」

「ギアは間違いませんよ」

「ルチカちゃん、モテモテだね」

「や、やめてよ。大体ボク、男の子に興味ないから！　見られるなら女の子に見られたい方だから！」

目が据わっている二人はちょっと怖くて、ボクは必死に言い逃れしようとした。

ところが――。

「異性からだけでは気が済まずに、同性からの視線まで……」

「贅沢……」

「い、いや、そういう意味じゃなくてね？」

「モテモテなルチカさん、ご気分はいかが？」

「私なんてダブルスコアだもんね……」

「ホント、勘弁してってばぁ……！」

ボクが弱り切った声を上げると、突然、二人がくすくす笑い始めた。

「ごめんなさい、ルチカ」

「？？？」

「ルチカちゃんの反応が面白くて、つい」

と、いうことは。

「か、からかったね⁉」

「すみません」

「ごめんね？」

「もう～～！」

ボクはしばらく、布団に丸まっていじけた。

「そろそろお菓子を食べる時間は終わりにしましょう」

「そうだね」

パジャマタイムが始まってそろそろ二時間がたつ。お菓子もあらかたなくなったので、いいタイミングかもしれない。

「歯磨き面倒くさーい……。このまま寝ちゃダメ？」

「駄目に決まってます。虫歯になりますよ」

「一食分くらいよくない？　水場まで行くのかったるーい……」

「もう、ルチカったら……。仕方ありませんね、少し待っていてください」

あきれたように言うと、レオニーは荷物の中からぺらんとした紙きれを取り出した。

「それは？」

「生活魔法の簡易スクロールです。私はペーパーと呼んでいます」

レオニーがペーパーとやらに魔力を込めると、ボクの口の中がすっきりした。

「これ、歯磨きのスクロールなのかい？」

「正確には洗浄・消毒のスクロールの簡易版ですね」

「凄い！　スクロール……いや、ペーパーだっけ？　ともかくすごく便利だね」

「でも、一回ごとの使い切りですから。歯磨き程度に使うのは、本来もったいないんですよ」

「ふーむ、そっかぁ」

「管理にも多少気を遣います。生活魔法程度のスクロールやペーパーであれば気にすることはないと思いますが、一部の強力なものについては、国軍の管理下にあるようなものもあります」

「そ、そう言えば、軍用スクロールの一つが行方不明になってるって、騒ぎになってるね」

ノールによると、人魔大戦時代に大暴れした魔物にまつわる、いわくつきのスクロールらしい。管理責任を問われて、何人かの首が飛んだとか。

「便利なだけのものはないってことかあ」

じゃあ、ボクはずいぶんと贅沢な歯磨きをさせて貰っちゃったことになるのか。今回限りということで、レオニーとルチカもペーパーで歯磨きを済ませた。後はお喋りタイムである。

「機嫌は直ったかい、ノール？」

ボクは尋ねた。元々このパジャマパーティは彼女のご機嫌取りみたいな意味合いが強い。

「うん。嫉妬しちゃってごめんね、ルチカちゃん」

「そんなの全然。レオニーはボクの嫁だから、むしろこれからが本番だと思うし」

「誰が嫁ですか、誰が」

レオニーがいる下の段のベッドから冷静に突っ込みが入る。ちなみに、ボクとレオニーはそれぞれ自分のベッドで、ノールには床にもう一つ布団を敷いて寝て貰っている。

『わ、私はレオニーちゃんと一緒のお布団でいいよ？』

などという妄言をノールがのたまったが、ボクとレオニー両方に却下された。当たり前でしょ。

「二人とも、学校生活はどう？」

当たり障りのないところで、そんな質問をしてみた。

「座学は問題ないですが、実技がしんどいですね。入学を許された者たちのレベルについていくのは、私の剣術では少し厳しいものがあります」

「私も実技の方が苦手。やっぱり私、戦うのは性に合わないよ……」

二人とも実技を不得手としているようだ。

「実技なんて簡単じゃん。全力でどーんってぶつかってばーんって感じ」

「……ルチカはいいですね、悩みがなくて」

「いいよねぇ」

「あ、失礼な。ボクにだって悩みはありますぅ」

全く。ボクを何だと思ってるんだい、二人とも。

「ルチカの悩みってなんですか？」

「わ、私も聞きたい」

――わたくしもです。

内心憤慨していたら、思いのほか食いつかれた。え、ボクってそんなに悩みなさそうに見えるの？　ちょっとショック。

「一番の悩みは、意中の人が振り向いてくれないことかなあ」

「おやすみなさい」

「おやすみ」

――はい、解散。

「ちょっと⁉　みんな酷くない⁉」

ボクが率直に悩みを口にすると、二人と一器はやれやれまたかという反応をした。

「だって、その冗談は聞き飽きました」

「だから大真面目だってば」

「はいはい」

「わーん。ノール、レオニーが本気にしてくれない……」

「本気にしたら問題だと思うけど……」

やっぱり、人族の間だと女の子同士で番になるのに抵抗があるのかなあ。

「どうして振り向いて貰えないんだろう。やっぱり押しが足りないのかな？」

「それ以上押しが強くなってどうするんですか」

「むしろ引いてみるとか、じゃないかな？」

「そういう駆け引き？　みたいなことは苦手なんだよ、ボク。好きな人には押して押して押しまくるのみ！」

「……まあ、ほどほどにしてくださいね」

「何そのやんちゃしようとする子どもを見守る保護者、みたいな生温かい視線は⁉」

「あ、あはは……」

これだけアタックしてもレオニーがほだされてくれる様子は一向にない。身持ちが堅いのは好印象だけど、それにしたってもうちょっとこう……ねえ？

「ルチカは……勇者になったら何がしたいですか？」

「へ？」

それは思いもかけない問いだった。ボクにとってはまず勇者になることが当面の目標で、勇者になったその後のことなんて考えもしなかったからだ。

「考えたことなかったかも。レオニーは何かあるの？」

「はい。戦争をなくしたいと思っています」

「それは人族同士の？」

「はい」

魔族と戦争をしていたうちは結束していた人族の国々は、それが終わると途端に人族同士で争いを始めた。今でも戦禍に国民が喘いでいる国々は少なくない。レオニーはそれをなくしたいと言っているのだ。

「それは……半端なことじゃないね」

「分かっています。でも、それこそが次代の勇者たちに求められることだと思うのです。勇者たちになら出来る、勇者たちにしか出来ないことだと思います」

「レオニーちゃん……」

少し思い詰めたように言うレオニーを、ノールが心配そうに見ている。

「なら、ボクはそのお手伝いをしようかな」

「ルチカ？」

「勇者って別に一人じゃなきゃいけない決まりはないでしょ？　そもそも色んな種類の勇者がいるわけだし。レオニーとボクならきっと上手くいくよ」

そう言って身を乗り出して下のベッドに笑いかけると、レオニーは最初驚いた顔してたけど、

やがてふっと笑って、

「ルチカが手伝ってくれるなら、心強いです」

そう言ってくれたのだった。

「二人とも……当然のように私を仲間はずれにしないで……」

「あ」

ノールがさめざめと泣いている。

「ごめんなさい、ノール。あなたもきっと手伝ってくれますよね？」

「当たり前だよ。私はレオニーちゃんの親友なんだから」

レオニーが慌てて（あわ）フォローすると、ノールはちょっと不満そうにそう言った。

「勇者が三人かあ。ボクらなら何だって出来そうな気がするね」

「ルチカは楽観的ですね」

「レオニーちゃんはもうちょっとだけ、ルチカちゃんを見習ってもいいかも？」

「そうでしょうか……」

そんな話をしながら夜は更け（ふ）ていき、いつの間にか三人とも寝入っ（ねい）てしまった。

次の朝目が覚めると、レオニーの布団（ふとん）にボクとノールが入り込ん（こ）でいて、レオニーに思いっきり怒ら（おこ）れたのはボクらだけの秘密である。

「休講……？」

「はい。何でも、先生方の間で食中毒があったとかで、今日の講義は全部休講だそうです」

食中毒ねぇ。

「そんなの匂(にお)いで分からない？」

「よっぽど悪くなっていればともかく、少し傷(いた)んでいるくらいじゃ分かりませんよ」

「分かるよ。ボク、生まれてこの方、食中毒なんてなったことないし」

「それはルチカのお腹(なか)が鋼(はがね)のように頑丈(がんじょう)なだけでは……？」

酷(ひど)い言われようだ。まあでも、これはチャンスかも。

「レオニー、今日時間ある？」

「はい？　それは……講義の予定がなくなったので、時間はありますけど……」

「よし、じゃあ決まりだね」

「何がですか？」

まだ要領を得ないといった顔をしているレオニーに向けて、ボクは満面の笑(え)みを向けた。

「ボクとデートしよう！」

レオニー、そんな顔しないでくれる？

それから数時間後のこと。

「で、なんでキミがここにいるのさ、ノール」

「そんな邪魔者みたいに言わないでよ、ルチカちゃん」

「私が呼んだんです。遊ぶなら人数は多い方がいいでしょう？」

混じりっけなし、百パーセントの笑顔でレオニーはそう言う。くそう、いい笑顔だ。

「じゃなくて！　ボクはレオニーとデートがしたかったのに！」

「同じ事でしょう？　皆で遊びに行くのだって、立派なデートじゃないですか」

「全然、違うよ！」

「……だんだんルチカちゃんが可哀想になってきたかも」

ボクの乙女心を弄ぶなんて、なんて小天使なんだ、レオニーは。

「でも、そんなところも好き」

「妄言はいいです。それより、どこに行きますか？」

「遊ぶって言っても、あんまり面白いところないよね、王都」

ノールの言うとおり、王都スペドはあまり娯楽に恵まれていない。変に禁欲的で酒場ですら数が限られているくらいだ。この辺り、魔族領とは全然違っている。

「ボクに任せて貰ってもいい？」

「どこかいいところを知っているんですか？」

「まあね。伊達に講義をさぼってないよ」

「胸を張るところじゃないと思うよ、ルチカちゃん」

ノールが苦笑しているけどボクは気にしなかった。

と、忘れるところだった。

「行く前に一つお願いがあるんだけど……」

「？　何ですか？」

「なに？」

ボクにしては珍しく、少し言いづらそうに口にしたので、二人は少しいぶかしんだ。ボクは構わず続ける。

「今日は一日、ギアを外して欲しいんだ」

「ギアを？　どうしてですか？」

「何か意味があるの？」

「うん。それはきっと今日の間に分かって貰えると思う」

ボクの様子が真面目なものだったからか、レオニーとノールは一度顔を見合わせると頷き合い、ギアを外して荷物の中にしまってくれた。

（プロトも、今日はごめんね）

——大手を振ってサボれて嬉しいです。

やっぱりこのギアだけなんか違うなあと思う。

「ありがとう、二人とも。じゃあ、ついてきて」

ボクは先導するように歩き出した。そのまま王都の中心部を外れて、市場の方へ向かう。

「市場に行くの？」

「ちょっと違う」

「な、ならどこへ？」

「まあまあ、ボクを信じてよ」

ボクたちは市場を突っ切ると、王都の南外縁部にやってきた。

「ここは……確か……？」

「旧市街だよ」

「建物の様子が変わったね」

王都を構成している主立った建築物は、比較的新しい画一的でのっぺりした建物だが、この辺りはまだ昔の建物が残っている。どうも王都の為政者たちは華美や装飾を排そうとしているようだけど、絶対もったいないと思う。歴史的な建造物の方がずっと魅力的だ。

「街並みもそうだけれど、行き交う人の様子も変わりました」

「あ、分かる？　この辺りに住んでるのは、移民の人たちだよ」

「移民街……」

見回すと、勇者学校の近くではあまり見ない身なりの人が結構いる。他宗教の女性とおぼしき全身を布で覆った女性がいるかと思えば、浅黒い皮膚をした男性たちも見える。中にはボクと同じ魔族もいるようで、額から立派な角を生やした男女の姿もある。

「どうしてここに？　移民街はあまり治安がよくないと聞きますが」

「単純に面白いから。確かに勇者学校の辺りに比べると治安はよくないけど、勇者学校の学生たるボクらなら、そこは問題ないでしょ？」

「それはそうだけど」

管理主義的な性格の強い王都だけど、この辺り一帯はまだその魔の手が追いついていない。住み着いている移民ごとに、街並みが複雑な文様を描いている。ボクはこういう混沌とした場所が嫌いじゃない。

「まあ、騙されたと思ってついてきてよ。あ、その前にちょっとお腹すいたかな。腹ごしらえしよっか」

まだ戸惑い気味の二人を引き連れて、ボクは一軒の屋台の前にやって来た。

「こんにちは。タコのまん丸焼きを三人分貰える？」

「らっしゃい。お、アンタ魔族か」

「うん。故郷の味が恋しくてさ」

「人族はコイツをあんまり食わねぇもんなあ。おまけしてやる。二箱ずつ持ってけ」

「ありがとう！」

ボクは支払いを終えると、レオニーたちにまん丸焼きを渡した。

「これは……？　何やら珍妙な食べ物ですが……」

「タコのまん丸焼き――通称タコ焼きっていうんだ。魔族領のご当地料理だよ」

「これは小麦粉で出来てるのかな？　上にかかってるのは見たことないタレだけど……」

「まあまあ、とりあえず食べてみてよ。熱いからやけどしないようにね」

ボクは包みを開くと、中に入っていた爪楊枝でタコ焼きを突き刺した。最近は魔族領でも箸が添えられることが多いけど、ここはオールドスタイルみたいだ。うんうん、分かってるね。

「いただきまーす！」

「いただきます」

「いただきます……」

三人で同時にタコ焼きを口に入れる。

「熱っ⁉」

「こ、これ……はふはふ……本当に熱い……！」

「あははは！　最初はみんな、口の中やけどするんだよ」

レオニーとノールは目を白黒させている。タコ焼きは外はパリッとしてるんだけど、中はとろっとしてて激熱だから、初心者はみんなやけどする。でも――。

「熱いですが……はふはふ……これは……」

「はふ……美味しいね」

「ふふー。そうでしょうそうでしょう」

ボクは満足げに笑った。熱さで最初は面食らうけど、タコ焼きは本当に美味しいんだよ。

「生地自体にも味がついていますが、上にかかった白と黒のタレがいいですね」

「魔族領の特産品なんだ。美味しいでしょ？」

「中に入っているこの大粒の具材も面白いよ。す、凄く嚙み応えがあって、嚙むほどに旨味がじゅわっとしみ出してくる」

「これがタコだよ。魚介類なんだけど、人族はあんまり食べないみたいだね」

美味しいんだけど、見た目がアレだからなあ。

「美味しいものはまだまだあるよ。どんどんいこう！」

そう言って、ボクは二人を引き連れて遊び倒したのだった。

「王都に面白い場所がこんなにあったなんて……」

「気づかなかったね」

「楽しんで貰えたかな？」

結局、ボクらは夕方まで移民街で過ごした。タコ焼きを始めとする魔族食を片っ端から制覇して、南国の音楽を堪能して、遠い西からやって来た珍しい小物を眺めた。パジャマパーティの時のお菓子を売っていた駄菓子屋さんももちろん紹介ずみである。

「あ、ちょっと待って」

ボクはふと目についた露店の前で足を止めた。レオニーとノールも一緒に覗き込んでくる。

「これ、可愛いと思わない？」

「確かに……」

「き、キラキラしてる」

そこは装飾品の露店だった。色とりどりの鉱石を加工したブローチやブレスレットなどが並んでいる。お値段は破格の安さだった。

「この品揃えでこの値段とは……」

「ちょっと凄いね」

レオニーとノールは感心したような声を上げた。

「ああ、でもこれニセモノだよ」

「え？」

「……え？」

あっさり言ったボクに、二人ががくっと拍子抜けしたような様子を見せた。

「おいおい、嬢ちゃん。変な言いがかりはよせやい。ここにあるのは全部本物の――」

「じゃあ、これは？　ダイヤモンドって書いてあるけど、これジルコンでしょ？」

「うっ……」

店主が言葉に詰まった。ジルコンはダイヤモンドにとてもよく似ている鉱石だけど、ダイヤモンドそのものではない。安価なので、よく偽ダイヤとして売られることがある。

「じゃあ、ここはフェイクジュエリーの店なのですか？」

「そうだよ」

店主がおろおろし始めたけど、ボクは断言した。

「よく分かったねぇ、ルチカちゃん」

「匂いでね、分かるんだ」

「匂い？」

「ボク、凄く鼻が良くてさ。色んなものを嗅ぎ分けられるんだよ」

ボクの鼻はちょっと特別製らしく、本来匂いのしないものまで嗅ぎ分けられるらしい。こういった宝石の真贋から、前にレオニーにしたように、相手の病気の有無まで判別出来ることもある。

「でも……なら、どうしてこの露店へ？　ここにあるのが偽物だと、あなたは分かっていたのでしょう？」

「うん。でもさ、本物の宝石じゃなくても、可愛いでしょ？」

「でも偽物……」

「本物か偽物かって、そんなに大した問題かなあ？　自分が可愛いと思ったら、それでよくない？」

「……」

　ボクは並べてあったブレスレットの一つを手に取った。

「何を欲しいと思うかを決めるのは、最終的にはボクら自身だよ。それが本物か偽物かはあんまり関係ないいんじゃないかな。ギアってそういうところを見えなくしちゃってるとこ、あると思うんだよねえ」

　自分が欲しいと思えるものだったら、それが何であれ、まずは求めてみるのがいいとボクは思う。もちろん、審美眼が必要とされることもあるけど、騙された経験がなければその目を磨くことも出来ない。

「じょ、嬢ちゃん、分かってんじゃやねぇか！」

「だからってニセモノをホンモノだって偽って売っていいことにはならないからね、おじさん？」

「う……」

「役人には突き出さないでいてあげるから、この三色のブレスレット安くしてよ」

「買うんですか？」

「確かに可愛いけど……」

レオニーとノールはまだニセモノを買うことに抵抗があるようだった。

「このブレスレット、ボクらの色だと思わない？」

「……あ」

「黒、銀、水色……本当だね」

「今日の記念にお揃いで欲しいなって思ったんだ」

レオニーは嫁だけど、ノールだって大事な友だちだ。友だちと過ごした楽しい一日の記念に、お揃いのものを買ってみたいと思ったのだ。

「……悪くないかもしれません」

「うん」

「決まりだね。おじさん、これちょうだい」

「……くっ。これ仕入れ値結構したんだけどなあ……」

というわけで、ボクらはそれぞれの髪の色をしたブレストレットを手に入れた。

「うん、やっぱり悪くない」

「ただの雑石を加工したものらしいですが、確かに綺麗だと思います」

「だ、だね。け、結構、可愛いね」

その時、暗くなり始めていた街並みに明かりがともされた。魔道具の街灯が光を放つ。

「……」

「綺麗ですね」

「う、うん」

ニセモノの宝石でも、こうして光を受ければキラキラと美しい光を放つ。まして、そこに込められた今日の思い出は本物だ。

「楽しかったね」

「はい」

「うん」

ボクらにとってこのブレスレットは、紛れもない「本物」の記念品となったのだった。

「～♪」

「ルチカ……またサボるつもりですか？」

口笛を吹きながら講義室を出て行こうとすると、レオニーに呼び止められた。ボクはぎくりとする。

「たはは。ごめんね、レオニー。アリザ先生には上手いこと言っておいて」

「言いませんよ。後で大人しく怒られてください」

最初は口を酸っぱくして講義に出るように諫めてきたレオニーだが、最近はもはや諦め気味だ。レオニーに苦笑を向けてから、ボクはいつものように講義室を出て行こうとした——のだが、

「お待ちなさい、C一〇〇」

「およ？」

険しい声色で呼び止められた。顔を向けると、アリザ先生が立っていた。げ。

「こ、こんにちは、先生。本日はお日柄も良く——」

「戯れ言は結構です。また無断欠席をするつもりですか？」

「あ、あははは……」

ボクは誤魔化し笑いをすることしか出来なかった。しまったなあ。アリザ先生、今日はやけに早いじゃんか。仕方ない、今日くらいは大人しく講義を受けようか。そう思って一旦席に着くと、

——ルチカ。今日のアリザは少し警戒した方が。

（え？）

プロトが珍(めずら)しく予言めいたことを口にした。

「別に構いませんよ」

「へ？」

「講義を受けたくないのなら、どうぞご勝手に。私としても無理矢理出席されて居眠(いねむ)りされるくらいなら、いない方がよっぽどマシです。むしろ、そろそろ行使すべき時かもしれませんね」

単位剝奪(はくだつ)権を——そう言って、アリザ先生は酷薄(こくはく)に笑った。それはつまり——。

「お待ちください、先生！」

レオニーが血相を変えて話に割り込(こ)んできた。

「ルチカにはちゃんと言って聞かせます。ですから、どうか単位を剝奪(はくだつ)することだけは——」

アリザ先生の座学は必修科目だ。これまでボクは最低限のラインは確保できるようにサボってきたけど、アリザ先生は向こうからボクの単位を剝奪(はくだつ)すると言っているのだ。それはつまり、勇者学校の在学資格をボクが失うことを意味する。

「わわわ、ごめんなさいごめんなさい！　アリザ先生、ボク、心を入れ替(か)えるから、それだけはご勘弁(かんべん)！」

背に腹は代えられない。ボクは打って変わった平謝(ひらあやま)りで、なんとかアリザ先生に心変わりして貰(もら)うように訴(うった)えた。それなら最初から講義に出ておけって話ではあるんだけど。

「ルチカもこう言っていますし、どうか――」

「何を他人事のように言っているんですか、C〇八八。あなたも他人事ではありませんよ」

「……え？」

ボクを弁護してくれていたレオニーにまで、アリザ先生が冷たく言う。レオニーがぎょっとするような顔をした。

「ど、どういうことですか？」

「あなたの実技の成績です。酷いものですね。よくこれで入学出来たものです。勇者の娘とは名ばかりですか」

「――！」

「ちょっと先生！」

流石に黙っていられなくて、ボクは抗議の声を上げた。

「今のはちょっとないんじゃない？　そりゃあレオニーはちょっと実技に苦戦してるかもしれないけど、だからって個人攻撃するのは先生のやることじゃないでしょ」

「落ちこぼれは黙っていなさい」

アリザ先生はにべもない。かー、腹立つ。

「C〇八八、あなたは《万能》の勇者の娘ですね？」

「……はい」

「そのあなたがこんな不甲斐ない成績しか残せないなんて、恥ずかしくないのですか？」

「……申し訳ございません」

「勇者の娘が入学したと聞いて、私は楽しみにしていたのですよ？　それがこんな落ちこぼれだったなんて、とんだ期待違いでした」

　一体何様なんだ、この先生は！　あまりにもあまりな言い様に、ボクは席を立ってアリザ先生に詰め寄ろうとした。でも、袖を強く引っ張られて立ち上がることが出来なかった。

「レオニー……」

「やめてください、ルチカ」

　ボクを止めたのはレオニーだった。彼女は顔を伏せたまま、黙って先生の暴言に耐えていた。

「どうして止めるのさ⁉」

「先生は何も間違ったことを仰っていません。私が勇者の娘として不甲斐ないのは事実です」

　レオニーはそう言って、ボクに自制を促した。でも、その言葉がかえってボクを落ち着かなくさせた。

「レオニーは頑張ってるじゃないのさ⁉　学校の他の誰より頑張ってる！　それを――」

「過程は問題ではないのですよ、C一〇〇。大事なのは結果です。頑張ることなんて誰にでも出来ます。結果の伴わない努力など、無意味です」

「そんな――！」

「あなただってそう思っているはずでしょう、Ｃ一〇〇。あなたは座学を軽んじている。それはあなたが学ばなくとも実技で勝てるから。結果を出しているから文句はないだろう、ということです。違いますか？」

「ち、違う！」

痛いところを突かれた。ボク自身にそんなつもりは微塵もなかったけど、ボクのしてきたことの意味を端的に要約すればそういう捉え方だって出来てしまう。反論したかったけど、生憎ボクはそんなに言葉が上手くない。長年教師を務めてきたアリザ先生に、口げんかで勝てるはずもなかった。

「Ｃ〇八八。今、学校はあなたの退学処分を検討しています」

「……え……？」

「あなたを入学させたのは間違いだった。あなたの実力では、この先の講義にはついてこられないでしょう」

ため息交じりに言うアリザ先生に、レオニーが慌てたように口を開いた。

「お待ちください、先生！　私、もっと頑張ります！　必ず結果を出してみせますから！」

「それを見せる時間はこれまでにも十分あったはずです。もういいでしょう。あなたには無理だったのです――勇者になることは」

それはレオニーにとって――勇者の娘としてそうあれかしと生きてきた彼女にとって、死刑宣告に外ならなかった。

「勇者レイニ＝バイエズの名を汚しましたね、あなたは」

「このっ……！」

もう我慢ならなかった。なんなんだこの人は。ボクのレオニーを公衆の面前でこんなに貶めて。いくら先生だからって言っていいことと悪いことがあるはずだ。何故だか知らないけど、アリザ先生には悪意がある。レオニーに対する明確な悪意が。

ボクは先生を一発ひっぱたいて目を覚まさせてやろうと思った。でも、それは失敗した。なぜかといえば――。

ボクの代わりに先生に詰め寄った者がいたからだ。

「撤回してください、今の言葉！」

「C〇〇五……」

「レオニーちゃんは立派な人です。勇者になるために、誰よりひたむきに頑張って来た人です。その頑張りは、先生にだって否定はさせない！」

ノールだった。ボクは驚いた。あの内気なノールにこんな激しい部分があったなんて。彼女は泣きべそをかきながら、それでもアリザ先生に猛抗議した。優等生で先生からの覚えもめでたかっただろうに、そんなものは意に介さず、ただただ親友を弁護するために言葉を連ねた。

「残念ですよ、C〇〇五。あなたのように優秀な人までが、落ちこぼれグループの仲間入りとは」

「落ちこぼれなんかじゃありません。私たちは――」

「黙りなさい」

「――!」

一段低くなったアリザ先生の言葉に、ノールが思わず言葉を飲み込んだ。それを弱気と見て取ったのか、アリザ先生が畳みかけるように言った。

「優等生だと思って図に乗りましたか? 入学してたかだか数ヶ月過ごしただけの子どもがつけあがって。あなた程度の学生はこれまでにいくらでもいました。慢心するんじゃありません」

「慢心なんかしていません! 私はただレオニーちゃんを――」

「もう結構です。下がりなさい。講義を始めます」

「先生!」

どん、と重い音がした。気がつくと、ノールが尻餅をついている。

「下がりなさい、と言いました。弁えなさい、C〇〇五」

アリザ先生が、ノールを乱暴に突き飛ばしたのだ。理性が最後に見せたのは、悔しさで泣き出す彼女の姿と――それにすら何も言えず、無力感に打ちひしがれているレオニーの姿だった。

ぷちん、と何かがキレる音を、ボクは確かに聞いた。

「がっ……!? あ、あなた……!」

気がつくと、ボクはアリザを殴っていた。《暴食》はかろうじて発動しなかったみたいだけど、いっそ発動すればよかったのにとすら思う。

「いい加減にしろ、このゲス」

——それくらい、ボクは怒っていた。

結果が大事? それはそうだろう。どんなに努力したって、結果が伴わなければ評価はされない。そんなことは分かってる。ボクらがいるのは勇者たちを育てる学校だ。頑張りだけ評価されて実力が伴わずに実戦や実務に赴けば、本人だけでなくそれを頼りにした人たちに対してだって害にしかならない。その理屈は、分かる。

でも、ここは勇者と呼ばれる者たちを「育てる」学校のはずだ。育てる過程で、勇者候補生たちが良い結果を修められるように、教え導くのが教師の役割じゃないのか。アリザがしていることは、ただの収穫だ。自ら育てようとするのではなく、優秀な学生を刈り取って出荷するだけの作業だ。そこには学生たちを慈しもうとする視点が全くない。それどころか、少しでも後れを取った者を排除しようとさえする。こんなもののどこが教師だというのだろう。

「教師への暴力——許されるものではありませんよ、C一〇〇」

「好きにしたらいい。憧れていた勇者がこんな形でしかなれないっていうなら、そんなのこっちから願い下げだ」

「C〇八八も——」

「人を番号で呼ぶんじゃないよ。彼女にはレオニーっていう立派な名前があるんだ。そんなことも分からないのか」

騒然とする教室の中で、ボクとアリザはにらみ合った。一触即発の雰囲気の中、見落としそうになったけど、ボクはアリザが小さく嗤ったのを見逃さなかった。

それで悟った。ああこれ、最初からボクも標的だったんだろうな、と。

多分だけど、これはアリザだけの敵意じゃない。学校全体の意向だろう。問題児であるボクが疎ましいけど、実技で成績を残しちゃってるから処分も出来ず、それで一計を案じたんだ。劣等生扱いされているレオニーを攻撃し、一緒にボクの暴発も狙う。ボクの性格をよく分かったいい手だよ、クソ野郎ども。

「処分は追って下しますので覚悟しておくように。今日は自習とします」

そう言うと、アリザは教室を出て行った。

「ルチカちゃん、ごめん……。私のせいだ……」

「違うよ、ノール。キミのせいじゃない。悪いのは全部アリザだよ」

泣き出してしまったノールを慰めながら、ボクは後ろを振り返った。

席にはもう、レオニーの姿はなかった。

ボクらへの処分はその日のうちに発表された。

「次の実力考査で規定の成績に満たなかったら退学、かぁ……」

対象学生はボクとレオニー。どうもアリザはボクらをまとめて学校から追い出す腹づもりのようだった。

実力考査は学校が管理する無人島で行われるらしい。パートナーを組んで五日以内に北部の山頂にたどり着く、というのがその内容だ。ギアを普通に使っている一般学生でもハードな内容だが、ギアの示すパートナー同士で組めば乗り越えられる試験だという。つまり、仮にボクとレオニーが組んだ場合、ボクらはギアに選ばれたペアではないから不利、ということだ。徹底してるね。

「でも、こんなことで負けてなるもんか」

理不尽なことを正すのが勇者なんでしょ？　こんなバカみたいな学校が掲げている校則にすら謳われているくらいだ。ボクはレオニーに発破をかけるつもりで自室のドアを開けた。

ボクは絶句した。

「……レオニー、何してるの？」

「……」

部屋にいたレオニーは荷物をまとめていた。まるでどこかへ行くみたいに。

「自主退学します。これ以上、母の名を傷つけたくありません」

（レオニー視点）

「なんで……？　レオニーがそんなことする必要ないでしょ」

そう言ったルチカはいっそ私よりも悲しい顔をしていました。普段は屈託なく笑っている彼女にそんな表情をさせてしまったことを、私はとても申し訳なく思います。

「アリザ先生の仰ることの全てが正しいとは、私も思いません。でも、部分的に正しいと思うのです。私は勇者として、明らかに資質に欠けています」

私はギアの導きに従い、懸命に研鑽に励んできました。ですが、周りとの差は開いていく一方です。最も優れた資質のはずである剣術ですらこうなのであれば、私には戦う力が決定的に欠けているということになります。それは、勇者にとって致命的な欠陥です。

「前にも言ったじゃない。これからは戦う力だけの時代じゃないって」

「ルチカの言うことも一理あると思います。ですが、それは飽くまで必要充分な戦う力がある前提で、その他にも必要とされるべき資質がある、という話のはずです」

私が言うと、ルチカは痛いところを突かれた、という顔をしました。

「人が人である限り、恐らく争いはなくなりません。戦う力はどうしたって必要で、勇者であることの最低条件です。私はその最低条件すら満たせていないのです」

ルチカが以前言ったように、戦うだけしか能のない勇者は、この先淘汰されていくでしょう。それは間違いないと思います。ですが、それは戦う力の相対的な価値が下がっただけであって、争いに打ち勝つ強い力は依然として勇者に求められるべき資質です。

「レオニーは……戦う力が十分にないから、勇者を諦めるってそう言うの？」

「はい。残念ながら私には才能がなかったようです。かの《万能》の勇者の娘でありながら、不甲斐ないことです」

口にしてみると、これほど苦々しいこともありません。アリザ先生が言ったように、私は母の名を――勇者の名を汚してしまいました。

「諦められるの？　キミはずっとずっと、勇者になることを目指してきたはずなのに」

「……恐らく、しばらくは引きずると思います。でも、諦めなくては。才能のない者がいつまでも夢にしがみついても空しいだけですから」

言いながら、これからどう生きていけばいいのだろう、と思います。ずっと勇者になることだけを目指してきました。他の全てをなげうって。そんな目標を諦めたとしたら、私はその先、何を求めて生きればいいのでしょうか。

私は迷いを断ち切るように頭を振りました。弱気の虫はいけません。私がいつまでもうじうじした態度を取っていたら、きっとルチカも諦めてくれません。彼女には才能があります。もしかしたら、彼女は本当に次代最強の勇者になるかもしれない人です。そんな彼女を私などにかかずらわせてはいけないのです。

「ルチカ、今までお世話になりました。短い間でしたが、あなたと過ごした時間は掛け替えのないものだったと今なら思います。私はここで道を違えますが、どうかあなたは――」

「……だ」

「？　今、なんと？」

「イヤだ、って言った」

聞き返す私に、ルチカは強い語調でそう言いました。私に向けられるひたむきな視線に、思わず息をのみました。

「ルチカ……」

「キミが諦める必要なんてない。才能うんぬんもどうだっていい。そんな下らない理由でレオニーが勇者を諦めるのは、ボクはイヤだ」

「下らない……ですって……？」

ルチカのあまりな言いように、私は思わずカチンときました。

「私がどれだけ悩んだと思ってるんですか！　下らない？　ああ、そうでしょう！　そうなんでしょうね！　ルチカのように才能に満ち溢れた人には、私のような悩みはさぞ矮小に見えるんでしょう！」

叩きつけるように、私は言葉を浴びせていました。こんな風に誰かに心情を吐露したのは初めてのことで、堰を切ったように自分の中からドロドロとした思いが吹き出してきます。私は自らの制御を失い、思いのままに口を開きました。

「私だって好き好んで勇者を諦めるわけじゃありません！　本当は諦めたくない！　諦めたくないんです！　母が好きだった！　ずっと母のようになりたかった！　勇者が母の志を継ぐ存在であるのなら、私はどうしてもそれになりたかった！」

勇者の娘であることを重荷に感じることもありましたが、それでも私は構わなかったのです。大好きな母のようになれるなら、人々の希望となる存在になれるのなら、努力も苦労もいくらでもする覚悟でした。

でも――。

「でも、ダメなんです……。どれだけ努力を重ねても、ギアの導きを寸分なく遵守しても、私はルチカのようにはなれません……。私ではダメなんです……」

いつしか、私の両目には涙がにじんでいました。みっともないですが、この時の私にそんなことを気にする余裕は微塵もありませんでした。

「ルチカ……あなたが羨ましいです。ギアを使うまでもなく誰より強く、どこまでも自由なあなたが妬ましい。私は本当は……あなたのようになりたかった……！」

そこが私の限界でした。溢れる思いはもう止めようもなく、もう言葉にすらできずにこみ上げる嗚咽にただむせぶことしか出来ませんでした。

「レオニー」

名前を呼ばれると同時、肩に温かく柔らかな感触がありました。気がつくと、私はルチカに抱きしめられていました。

「ボクがキミの牙になるよ」

それはまるで誓いのようで。厳かに紡がれた言葉にはっとした私が顔を上げると、そこにはルチカの真摯な眼差しがありました。

「勇者に戦う力が必要だって言うなら、ボクがその力になる」

「ルチカ……？　あなたは何を……言って――？」

彼女が言わんとするところが分からず、私は当惑しました。そんな私を安心させるように、ルチカは柔らかい笑みを浮かべると、私の肩を抱く力を強めて続けました。

「前にも言ったけどさ、勇者って一人じゃなくてもいいと思うんだ。戦う力を担当する人、人をまとめ上げる担当の人、知略を駆使する担当の人、みたいに、役割分担すればいいと思わない？」

「役割分担……」

「レオニーのママだって、ボクのママたちと戦う時は複数人で臨んだでしょ？　《万能》の勇者って言ったって、一人で一騎当千の力を以て魔王を打倒したわけじゃないよね？」

それはルチカの言うとおりでした。母は万能の天才ではありましたが、母一人では打倒魔王を成し遂げられませんでした。母は人の縁にも恵まれていたのです。敵からの攻撃の盾となったダニタの父、治癒の力を持つ歌に秀でたノールの母、そして多彩な魔法を操るもう一人の魔法使いが、母の戦いを支えてくれました。

「だからレオニー、一人で強くなろうとしないでいいんだよ。戦う力ならボクがあげる。だからレオニーは、キミが行きたい道を歩んでほしい」

「ルチカ……」

「諦めないで、レオニー。一緒に勇者になろう？　ボクはキミと一緒に歩いて行きたい。ううん、キミとじゃなきゃイヤだよ」

最後にもう一度強く私の肩を抱いて、ルチカは身体を離しました。そうして彼女は口をつぐむと、黙って私を見守っています。ルチカは私に時間をくれたのでしょう。私が考え、迷いを振り切るのに充分な時間を。私の中でいくつもの思いが錯綜します。ためらいも、迷いも、恐れもあります。

それでも、私が選ぶ選択肢は一つしかありませんでした。

「……私には戦いの素養がありません」

「ボクがキミの牙になる」

「勇者の娘にしては、優柔不断です」

「思慮深いってことだね」

「あなたのように自由には生きられません」

「その分、ボクが引っ張り回すよ」

「私たちは、ギアにペアとして選ばれませんでした」

「そうだね。レオニーはギアのことを運命って言ってたっけ。運命に逆らってまでペアになろうなんて素敵じゃないか」

ルチカの笑顔が全てを語っています。全部、納得ずみだよ、と。彼女は私を——私という存在の全てを受け入れる、とそう言っているのです。

私はギアが間違っているとはどうしても思えません。でも、アリザ先生の言うことが正しいとも、もう思えなくなっていました。それはやはり、この変わり者だけれどどうしてか憎めない小さな女の子のせいでした。

「……私、ずっと思ってたことがあるんですよ」

「聞かせてくれる？」

私の顔に精気が戻ったことが、ルチカにも分かったようです。私は何か吹っ切れた気持ちで、このふてぶてしくも頼もしい魔族に言いました。

「アリザ先生は、私のこと舐めすぎだと思います。《万能》の勇者が娘、レオニー＝バイエズの底力がどんなものか、目にもの見せてくれましょう」

「ぶっ！　……あははは！」

弾かれたようにルチカが笑い出しました。釣られて私まで笑いがこみ上げてきます。ずっと立ちこめていた霧が晴れたかのような、すがすがしい気分でした。

「ルチカ、私とペアを組んでくれますか？」

私は右手を差し出しながら問いました。ルチカはそれをがっちりと握ると、

「もちろん。ボクは端から、キミと添い遂げる覚悟だよ」

そう言って、太陽のように笑うのでした。

「悪いのはアリザだよ。ボクらは何にも間違ってない。一緒にアイツをぎゃふんと言わせてやろう！」

ルチカは胸を張ります。私の側に居続けてくれると宣言する彼女の言葉がくすぐったくて、私も思わず、

「ええ、そうしましょう」

と頷き返してしまいました。

「私もルチカに感化されてきたのかもしれませんね」

「番になってくれる？」

「おバカですか」

軽口を叩き合う元気を取り戻した私は、覚悟を決めました。こうして私はルチカとパートナーになり、実力考査に挑むことになったのです。

◆◇◆◇◆

（ダニタ視点）


「ふふふ……。これであの二人はおしまいね」

部屋にやって来た母さんは、ソファに座りながら実に楽しげにそう言った。片手には葡萄酒のグラス。テーブルにはオレが作ったつまみが置いてある。ルチカとレオニーを罠にはめたことがよほど嬉しいらしい。母さんは機嫌良く杯を重ねていた。

「あんま飲み過ぎんなよ？　大して強くもないんだし」

「今日くらいは大目に見てちょうだい。ようやく目の上のたんこぶが取れそうなんだから」

釘を刺すオレにおざなりに言って、母さんはもう一口グラスをあおった。オレは一つ嘆息すると、葡萄酒の瓶の隣に水の入ったグラスを置いた。

「ヤツらがいなくなるのが、そんなに嬉しいのか？」

「当然よ。あの二人は勇者学校にふさわしくありません。勇者になるべきは、あなたのように心技体が揃った天才だけです」

「天才、ねぇ……」

　生まれ持ったセンスということなら、ルチカの戦闘センスこそが天賦の才と呼ぶにふさわしいように思う。ルチカだけじゃない。レオニーの明晰な頭脳と崇高な志だって、ある意味で天が与えたもうた才能だ。それがこんな迫害のような形で失われることに、オレは反感を覚えていた。

「こんなやり方する必要あったのか？　二人が本当に勇者にふさわしくないんなら、こんなことしなくてもいずれ――」

「ダニタ、あなたは余計なことを考えなくていいのよ。あなたは自分が勇者になることだけを考えていればいいの。あんな落ちこぼれたちに情けをかける必要はないわ」

　情けではない。オレは客観的にヤツらを評価している。ルチカの強さもレオニーの明晰さも、秀でた才能だ。どうせなら正々堂々勝負して、その上でオレの方が上だと言わせたかった。こんなだまし討ちのような形で排除するのではなくて。

「そうそう、これを渡しておくわ」

　そう言うと、母さんは懐から小ぶりな巻物を取り出した。受け取ったそれを広げてみると、それはどうやら魔法スクロールのようだった。

「これは？」

「召喚呪文のスクロールよ。中に強力な魔物が閉じ込められているわ。使うと召喚者の意のままに操ることが出来るの」

魔物？　どうしてそんなものをオレに？

「これをどうしろってんだ？」

「実力考査の時に使いなさい。ルチカとレオニーのペアでは、試験を突破するようなことはないでしょうけれど、万一の時はそれを使って二人を――」

「母さん！」

オレは母さんの言葉を遮った。聞いていられなかった。

「こんなやり方はねぇよ！　どう考えたってやり過ぎだ！」

「やり過ぎなものですか。勇者にふさわしくない者には、早々にご退場願わなくては」

「試験を突破出来たんなら、それはヤツらにも勇者になる見込みがあるってことだろ!?　それをこんな形で無理矢理排除するのは間違ってる！」

「ダニタ……」

母さんはグラスをテーブルに置くと、立ち上がってオレの方にやって来た。その顔は酒精に赤らんでいて目つきが怪しい。母さんはまるで出来の悪い子どもに言って聞かせるような表情をした。オレは母さんのこの顔が嫌いだ。

「母さんがしているのはね、掃除なのよ」

「掃除？」

「そう。いずれ勇者になるあなたや、あなたの仲間候補たちが憂いなく学ぶ環境を整える掃除です。これはあなたのためなのよ？」

そう言うと、母さんはオレを抱きしめた。いつからだろう。母さんのぬくもりを喜べなくなってしまったのは。まるで身体にまとわりつく泥か粘液のようだとオレは思った。

「ダニタ、あなたは余計なことを考えず、私の言うことを聞いていればいいの。そうすれば、あなたは勇者になれます。父さんのような立派なね」

身体を離した後、そう言ってオレを見る母さんは、その実オレを見てなんかいなかった。母さんはもうずっと幻影ばかりを追っている。亡くなった父さんの幻影だ。その事実を、オレは堪らなく寂しく思う。

「ダニタさーん、お風呂頂きました――あ、アリザ先生、いらしてたんですか。こんばんは」

「いいのよ、もう帰るところだから。それじゃあ、二人ともおやすみなさい」

「……おやすみ」

「おやすみなさい！」

部屋を後にした母さんを見送ると、オレは手に残されたスクロールに目を落とした。万が一の時はこれを使えって？　自ら手を下せとすら言ってくれやしない。要するに母さんはルチカたちが怖(こわ)いんだ。彼女たちが——オレよりも強いから。

「どいつもこいつも……馬鹿にしやがって……」

「先輩(せんぱい)？　どうしたんですか？」

「何でもねぇよ！」

「うわ!?　なんですか、超怒(ちょうおこ)るじゃないですか。ご機嫌(きげん)ななめですね」

「……わりぃ」

　こいつに八つ当たりしても仕方ない。それはあんまりにもかっこ悪すぎる。

「なぁ……お前、親からいらないもの押しつけられたらどうする？」

「こっそり捨てますけど？」

「だよな」

　いっそ捨ててしまえたらどんなにいいだろう。でも、母さんのことだから、出発前に荷物チェックをするはずだ。その時になってオレがスクロールを持っていないことが分かったら、今度こそどんな手に訴(うった)えてくるか分からない。これは持っておくべきなんだろう。オレはスクロールを握(にぎ)りしめた。

（……どうして誰(だれ)も、オレの力を信じてくれねぇんだ……）

第四章

（ルチカ視点）

実力考査が始まった。

試験会場の島はうっそうとした草木が生い茂る無人島で、アリザの説明によると魔物も多数生息しているらしい。それだけではなく島のあちこちに罠が仕掛けてあり、踏破するにはギアに選ばれたペアが力を出し合い、協力することが不可欠だそうだ。

「私たち教師は島から出ます。各自、自力で帰還するように。それでは――実力考査開始！」

合図と共に、学生たちが一斉に走り出した。タイムリミットは五日間と制限されているため、多くの学生は速度重視の強行軍を選んだようだった。多少の消耗は仕方ないと割り切り、少しでも早く先へ進む選択肢だ。ゴールの北部山頂まではかなりの距離がある。速度重視は無難な選択ではある。

でも――。

「ルチカ、前方三メートルに罠があります」

「おっと、危ない危ない。ありがと、レオニー」

「どう致しまして。先は長いのですから、堅実に行きましょう」

ボクとレオニーが選んだ方針は、確実性重視のスローペースだった。魔物との戦闘を極力避け、罠探知の魔法を駆使して体力を温存する方法だ。ただゴールするだけなら皆と同じ速度重視でいいけど、ボクらはそうしなかった。ゴールした時にへとへとでは、そこで詰みになってしまうと考えたからだ。いつどんな時でも、常に余力を残しておかなければ、いざという事態に対処出来ない。常在戦場の心構えだった。

堅実に進んでいても、やはり魔物との戦闘や罠を回避出来ないことはある。魔物との戦闘はボク主導で、罠解除はレオニー主導でそれぞれ対応していった。アリザはギアの示したパートナーでなければ試験を乗り越えることは難しいと言っていたけど、お互いの長所を活かし合うボクらだって、決して悪くないパートナー関係だと思った。

「……下手の横好きの生活魔法でも、役に立つものですね」

一日目を終え、ボクらはキャンプをしていた。たき火に当たりながら一日を振り返っていると、レオニーが苦笑しながらそんなことを言った。

「横好きどころじゃないってば。レオニーのお陰で大助かりだよ」

レオニーの生活魔法は素晴らしかった。汚水を飲料水に変え、冷える夜に暖を取り、雨を遮り、食事を豊かにしてくれた。今回の試験のようなサバイバル環境では、まさに八面六臂の大活躍である。

「それにしても……アリザのやつ、やってくれちゃって」

「よほど私たちに合格してほしくないと見えますね」

出発の時にノールと話して分かったことだけど、ボクとレオニーは食料と飲料水の支給量が減らされていたのだ。露骨な試験妨害である。ノールは憤慨していたが、ボクらは構わなかった。それでも合格する自信があったからだ。実際、レオニーの生活魔法があるので、食料も飲料水もなんら問題になっていない。むしろお釣りがくるくらいだ。

「……だいぶ気温が下がってきたようです」

「そうだね」

この島の夜はかなり冷えるようだった。延焼が心配だからたき火をつけっぱなしにすることは出来なかったけど、ここでもレオニーの生活魔法が役に立った。彼女は火のスクロールを改良して、長時間暖を取れるようにしていたのだ。火力を抑えてその分効果時間を延ばすという、まさにこういうケースにぴったりの魔法だ。

「あったかい……。これ最高だね」

「思っていた以上の効果ですね。作って良かったです」

寝袋に入りながら、そんな会話を交わす。二人で横になるテントの上は透明になっていて、夜の星空がよく見えた。

「……きれいだね」

「ええ。空を眺めていると、小さいことがどうでも良くなるような気がします」

「分かる分かる。なんでこんなつまんないことに悩んでたんだろうってなるよね」

「はい」

それからしばらく、沈黙の帳が下りた。辺りを満たすのは木々を揺らす風の音と虫の音だけ。

するとレオニーはもう寝ちゃったのかなと思って、ボクも寝ようと寝返りを打った。

「起きてたんだ？」

するとレオニーと目が合った。彼女は起きていて、ボクを見ていた。

「はい」

「眠れないの？」

「いえ。そう言えば、お礼がまだだったなと思いまして」

「お礼？」

ボクが何のことか分からずにいると、レオニーはくすっと小さく笑った。

「ルチカ、私を立ち直らせてくれてありがとうございます。あの日、あなたが鼓舞してくれなければ、私は勇者への道を諦めていたと思います」

「レオニー……」

「力になる、一緒に勇者になろうと言われて、私はとても嬉しかったんです。私はその……ずっと一人でしたから」

そう言うと、レオニーは恥ずかしげに笑いました。

「勇者の娘として、確かに私の側には沢山の人がいました。でも、彼ら彼女らは私を母の娘としてしか見てくれませんでした。例外はきっとノールくらいです」

「ノールに嫉妬」

「ノールは友だちですよ。あなたとは違います」

レオニーのその言葉に、ボクは心臓が高鳴った。

「え、それどういう意味？」

「上手くは言えません。ですが、あなたはノールとは少し違います。他人でもないし、友だちという感じでもありません。言うなれば——」

「言うなれば？」

ボクが期待に胸を膨らませて続きを促すと、

「相棒、でしょうか」

そう言って、レオニーは舌をぺろりと出した。はいかわいい。

「相棒かぁ……。もう一声欲しかったなあ」

「恋人とかが良かったですか？」

「そうだね」

「恋愛は……私にはまだよく分かりません。そんな余裕がないんだと思います」

そう言うと、レオニーは星空の方を仰いだ。

「勇者になることだけを考えてきました。それ以外の一切を排除して。それでいいと思っていたんです。でも――」

「でも？」

ボクが先を促すと、レオニーは少し考えてから続けた。

「でも、ルチカに会って、少し考え方が変わりつつあります。私はもっと無駄なことをたくさんしてくるべきだったんじゃないかって」

他意はないですよ、というレオニーにボクはうんと頷いた。

「勇者という目標に固執するあまり、私は薄っぺらい人間になっていたように思います。だからあの時――戦う力の不足を指摘されて素養を疑われたとき、あんなにも簡単に折れてしまった」

「いや、あれはアリザがあんまりにも――」

ボクが否定しようとすると、レオニーが目で制してきたので黙った。彼女の言葉を待つ。

「アリザ先生にも問題はあったと思います。でも、絶対にそれだけではないのです。私はもっと人として厚みがなければならなかった。多少の誹謗中傷などものともしない、確固たる覚悟――信念が必要だったのです。勇者を目指すというのなら、なおさら」

「信念、ねぇ……」

ボクには今ひとつピンと来なかった。ボクにとって勇者を目指すということはシンプルだ。

ただ強くなりたい——それだけ。その他のこと、例えば人を助けるとかは、後からついてくることだ。だから、レオニーの言うことはあんまりよく分からない。分からないけど——。

——今の彼女はカッコイイと思った。

「なんて、難しく考えすぎかもしれませんけれどね」

「そんなことないよ。レオニーはやっぱりボクのママを倒した《万能》の勇者の娘なんだなって思った」

「どうしてですか？」

「多分だけど、キミほど勇者であるとはどういうことかを問い続けた人はいない。そして、その問い以上に、本能や自然な感覚として、勇者とはどうであるかを分かってる人もいないんだと思う」

それはきっと、勇者の娘としてそうあることが当然視されてきた、彼女だからこそたどり着いた境地だ。

「そんな大層なものではありません。私はただ、勇者になりたくてあがき続けてきただけの小娘ですよ」

「ふふ、そっか。ならボクと同じだ」

そう言って、ボクらは笑い合った。

——ルチカ。そろそろ眠らないと明日に響きますよ。

（うん。でも、もう少しだけ）

プロトが助言してくれたけど、ボクはもう少し話していたかった。せめてこの星空の下での会話が一区切りつくまで。

「ルチカ、私はあなたに聞きたかったことがあります」

「なあに？」

「私は勇者の娘です。つまり、あなたの母親の仇になります。恨んでいないのですか？」

「ああ、そのこと？」

どこまで分かって貰えるか分からないけど、と前置きした上で、ボクは続けた。

「延々と続く人族との不毛な戦争で、ママは疲れ切ってたんだって。そんなママが最後に戦った相手が人族最強の《万能》の勇者だったんだ。ママの誇り高い最期だけは、キミにだって憐れんで欲しくないかな」

ボクはまだ生まれていなかったけど、ママは満足げな散り様だった、と勇者を目の敵にしてるばあやですらそう言ってる。納得のいく最期だった、とボクは思っている。

「そうですか……。でも、ごめんなさい。正直、私は母に生きて帰って来て欲しかったです」

「なら、レオニーこそボクら魔族を恨むかい？」

「……それとこれとは話が別です」

レオニーは答えに窮したようだった。

「分かり合えそうなことと、分かり合えないこと——どっちもひっくるめて、ボクはレオニーが好きだよ」

「またそうやってあけすけに言うんですから……」

「魔族の恋愛はこれが基本なの。人族みたいなのはじれったいよ」

「もっと情緒を大切にして欲しいです」

「およ？　そしたら振り向いてくれる可能性あり？」

「それもまた別の話です」

「なんだぁ……」

ボクが笑うとレオニーも笑った。

「付き合わせてしまってすみません。そろそろ休みましょう」

「そうだね。おやすみ、レオニー」

「おやすみなさい」

目を閉じると、程なく睡魔がやって来た。ボクはそれに抗うことなく身を任せ、深い眠りへと落ちていった。

「……不思議な人。出自は水と油ほど違うのに、こんなにもあなたを近くに感じます。……どうしてでしょうね」

それは誰の呟きだったのか。途切れかけの意識にうっすら届いたその言葉は、ボクの中で意味をなすことなく、意識の闇へとほどけていった。

◆◇◆◇◆

試験開始から四日後、ボクらは試験のゴールである北部山頂にたどり着いた。

――ルチカ。様子が変です。

（うん、気づいてる）

先にとっくに帰還していると思っていた他の学生たちが、群れをなしてキャンプをしているのだ。

「レオニーちゃん、ルチカちゃん！」

「あ、ノール」

「ノール、これは一体……？」

先にゴールしていたノールがいた。彼女の顔には焦燥の色が見える。

「ちょっとこっちへ」

言われるまま、ノールについて行く。そこは山頂に備え付けられた祭壇のような場所だった。

「これ見て」

ノールが指さした先には、地面に描かれた大きな魔方陣があった。ただ、その陣は所々傷ついている。

「これは……転移用魔方陣？」

「うん。壊れちゃってるみたいで、誰も学校に帰れないの」

「ええ……」

「それで皆さん、ここで野営をしているのですね……」

「うん」

想定では学校への帰還は各々がこの魔方陣ですることになっていたから、今、この小島には学校側の職員がいない。予定の期日を過ぎても誰も帰ってこないとなれば、そのうち学校側も気づくかもしれないけど、肝心の転移用魔方陣が壊れてしまっている。別路で職員たちがかけつけるのに、数日はかかるだろう。

「その間、なんとか学生たちだけでしのがないといけないわけかぁ」

言いながら、ボクは辺りを見回した。学生たちは座り込んでいる者がほとんどで、その目には濃い疲労の色が見て取れた。

「ノールやダニタたち成績上位者はともかく、ほとんどの子たちは消耗してるね」

「はい、そのようです」

マイペースに進んできたボクやレオニーと違って、皆はかなり無理をした進み方をしていた。罠にかかったり魔物と遭遇したりした者も多いんだろう。それでも、ゴールさえしてしまえばと思っていたところにこの事態だから、そりゃあきついよね。食料や水だって本来の予定分しか支給されてないわけだし。

「どうする、レオニー？」

「え？」

ボクはレオニーに尋ねた。

「多分だけど、このまま放っておくと、何人かは命の危険があるかもしれない。でも、キミには彼らを救う力がある」

レオニーには生活魔法がある。彼女がその気なら、この島での滞在可能時間をぐんと延ばすことが出来る。

ただし、彼女がそれを望むなら、の話だ。

「もちろん、私は手を尽くすつもりです。これは緊急事態に外なりません。助け合って乗り越えるべき困難です」

レオニーは迷わずそう答えた。むしろ、わざわざ何の確認なのだと言わんばかりだ。

「彼らはキミを虐げたよ？　そんな彼らをキミは助けるのかい？」

始めは勇者の娘として偏見の目を向け、レオニーの実力に瑕疵があると分かると、彼らはこぞってそこを攻撃した。そんな彼らをレオニーが救わなきゃいけない理由はないはずだった。

でも——。

「そんなことは関係ありません。彼らは私の学友なのです。私たちが研究してきた生活魔法は、こういうときのためにあるはずです」

レオニーの目に迷いは一切なかった。

──こういう人間ですよね、レオニーは。

(うん)

そんな彼女だから──。

「だから好きだよ、レオニー」

「バカなこと言ってないで手伝ってください。まずは飲み水の確保からですよ」

その後は突貫作業だった。ボクとレオニーはノールにも手伝って貰って、当面ここで暮らしていけるだけの準備を調えた。例えば、レオニーは汚水を飲料水に変える魔道具を持っていたけど、それは飽くまで個人や数人が使うものだった。彼女はそれを一旦分解すると、大人数が利用できるように加工して組み立て直した。

それだけじゃない。火を使う炊事場や食料を加工する台所、体調を崩した者が安静に休める救護所まで設置し、それぞれに担当者を割り振っていった。その手際と指導力は誰もが舌を巻くもので、学校の講義で実技の振るわないレオニーしか知らない彼らは、今になって彼女の真の実力を思い知ったようだった。

「こんなものでしょうか……」

「お疲れ、レオニー。ちょっと休憩しなよ」

しばらく彼女の側を離れていたボクはそう言うと、持っていた小さくて赤いものを彼女に手渡した。

「野いちごですか」

「うん。山のとこにいっぱい生ってた。他にも山菜をいくつか採ってきたよ」

「ありがとうございます、ルチカ。助かります」

そう言うと、レオニーは野いちごを一つ口に放り込んで笑った。甘いものは気分転換にいいよね。

「どのくらいもちそう？」

「何事もなければ五日くらいは恐らく。それ以上は少し自信がありませんね」

「王都からこの島までの距離を考えると、ぎりぎり足りないくらい、かぁ……」

一応、事前にこの島が国のどこにあるかは聞かされている。学校関係者が異変に気づくまで二日、最寄りの港まで早馬を飛ばして三日、そこから船でさらに二日――先生たちが駆けつけるまで、一週間は見ておいた方がよさそうだ。

「疲労と慣れない環境で、何人か体調不良を訴えている人もいます。彼らのためにも、一刻も早く救援が来てほしいですが……」

レオニーの顔が曇る。

「あんまり背負い込み過ぎちゃダメだよ、レオニー。能力は凄いけど、キミだってまだ子どもなんだから」

「それはそうですが……」

「あー……。レオニーにはこう言った方が利くかな。今の命綱はキミだよ、レオニー。キミが倒れたら、何もかもご破算だ。キミには自分を労らなきゃいけない義務がある」

「……確かにそうですね。気をつけます」

神妙な面持ちでそう言った後、彼女はふっと表情を緩めて、

「私の扱いが上手くなりましたね、ルチカ」

そう言って、いたずらっぽく笑ったのだった。

その後も、ボクらは二人で力を尽くした。生活魔法と島の自然を最大限活用して、学生たち全員が帰還できるよう全力で事に当たった。

事件が起きたのは、集団野営を始めてから四日目のことだった。

――ルチカ。起きてください。

(……?)

浅い眠りにまどろんでいたボクを、プロトの声が覚醒させた。

「おい、何とか言ったらどうなんだ！」

「ふわーあ……。何ごと……？」

あくびをしていると、何やらテントの外が騒がしい。ボクは隣で寝ていたレオニーを起こすと、様子がおかしいことを告げ、朝の支度を手早く済ませた。

「わ、私じゃありません！」

「なら、なんでダニタさんの食料がなくなってるんだよ！」

「わ、分かりません……野生の動物が取っていったのかも……」

「ああ⁉　適当こいてんじゃねぇぞ、テメェ！」

騒ぎになっているのは食料貯蔵庫の辺りだった。

──何やら面倒ごとの気配ですね。

(ダニタの取り巻きちゃんかあ。何ごとだろ？)

ここは皆が野山から集めた食料を低温で保存しておく場所で、これまたレオニーの魔道具が働いている。そして、ここの責任者はノールだった。

「どしたのさ？」

「あ、ルチカちゃん、レオニーちゃん。助けて……！」

「何ごとです？」

「コイツがダニタさんの食料をちょろまかしやがったんだ！」

「……」

腰巾着ちゃんがわめき立てている。ノールはすっかり萎縮している様子で、ダニタはと言えば腕を組んでじっと立ち尽くしている。その周りに人だかりができていて、皆ノールに冷たい視線を向けている。

「食料？」

「け、今朝の分の配給をしようと思ったんだけど、ダニタちゃんの分の食料がなくなってて……」

「そんなの足りない分を補えばいいだけじゃないのさ。大ごとにすることないじゃん」

「ダニタちゃんはちょっと食べ物に禁忌があって……。お米が食べられないの」

つまり、ダニタ用は特別製ですぐには換えがきかないらしい。

「どうしてくれんだ！　このままじゃダニタさんは朝食抜きになっちまうぞ！」

「ごめんなさい……」

ふむ？　なるほどね。状況は分かった。

「ダニタの分についてはすぐに代わりを用意します。とりあえず、この場はそれで矛を収めてくれませんか」

「ああ？　レオニー。テメェ、下手人が身内だからってかばうつもりか？」

取りなすように言ったレオニーに取り巻きちゃんが食ってかかった。

「そうではありません。ここで押し問答していても仕方ないでしょう。それこそ、ダニタの食事が遅れるだけです」

「うやむやにしたら、また同じ事が起こるかもしれないだろうが！　そうですよね、ダニタさん？」

「……オレの食事が遅れることは、別に構わねぇ。構わねぇが――」

「ほら見ろ！」

ダニタは他に何か言いたそうだったけど、調子づく取り巻きちゃんを見ると、嘆息交じりに言葉を飲み込んだ。

「ねぇ、キミ」

「あんだよ、ルチカ。テメェまでノールの肩を持つつもりか？　やっぱりテメェら、身内で――」

「――ちょっと黙ろうか」

ボクは闘気を身に纏うと、視線に力を込めて彼女を睨んだ。取り巻きちゃんは、気圧されるように一歩下がる。

「ちょっと失礼」

「な、なんだよ」

ボクは取り巻きちゃんに顔を近づけると、くんくんとその匂いを嗅いだ。

「なるほど」

「なにがなるほどなんだよ、ルチカ」

「いいから、もうちょっと待ってて」

ボクは次に食料庫に入って匂いを嗅ぎ、最後にノールの匂いを嗅いだ。

「うん、分かった」

「何が分かったんですか、ルチカ」

ボクの突然の奇行に、レオニーが怪訝な顔をしている。ボクはそれを見返してニッコリ微笑んでみせると、次にダニタの取り巻きちゃんに視線を向けた。

「ダニタの食料を取ったの——取り巻きちゃん、キミだよね？」

「なっ……!?」

「え？」

ボクが言うと、取り巻きちゃんはぎくりという顔をした。レオニーは当惑している。

「ボク、凄く鼻がきくんだよ。貯蔵庫の中、ノールの匂いよりもキミの匂いの方がずっと強い。つまり、キミは昨晩の配給でノールが貯蔵庫を出たよりも後にここに入ったことになる。どうして？」

「う……！」

ボクが追及すると、取り巻きちゃんはみるみる顔を青ざめさせた。

「で、でたらめ言うな！　ルチカ、テメェやっぱりノールをかばうために――」

「でたらめはキミの方でしょ。大体、みんな考えてもみてよ」

ボクは集まっているギャラリーに向けて言った。

「皆だってこの数ヶ月でノールの性格は知ってるでしょ？　内気で引っ込み思案な彼女がそんなことすると思う？　百歩譲って何かの事情で盗み食いする必要があったとしても、よりによってダニタの食料を？　あり得ないよ」

聴衆がざわめいた。事が食料に関する繊細な出来事だったから、皆ちょっと冷静さを失っていたみたいだけど、落ち着いて考えたらすぐ分かるはずなんだ。ノールにこんな真似は出来ないし、する理由もない。むしろ動機があるとしたら――。

「お前がやったのか」

「ち、違うんです、ダニタさん。これは……その……！」

「何やってんだ、お前は――！」

ダニタは取り巻きちゃんに近づくと、その頬を張った。取り巻きちゃんが尻餅をつく。

「……わ、私だってこんなことしたくなかった」

「なら、なんでだ」

「アリザ先生に言われたんだよ！　アンタの尻を叩けって！」

「──!?」

取り巻きちゃんは顔をくしゃくしゃにして、ダニタを責めるように言った。

「《戦斧》の勇者の娘だっていうからすり寄ってきたのに、ルチカの陰にすっかり隠れちまってさぁ！」

「お前……！」

「アリザ先生や私がこうでもしなきゃ、アンタなんか何もできないじゃないか！」

「──！」

ダニタが悲痛に顔を歪めた。信じていた相手に裏切られたばかりか、自分の誇りを揺らがされるような暴言まで吐かれたのだ。いくらダニタが傍若無人な性格だったとしても、これは応えないはずがない。公衆の面前で辱められたダニタの評価は、今ここに地に落ちた。

「……！」

ダニタはキョロキョロと周りを見渡した。尊大な暴君としての彼女はおらず、冷たい視線に晒されて動揺しきった、可哀想な手負いの獣の姿がそこにあった。

「そんな目でオレを見るな！　オレは……オレは……！」

ダニタが痛ましい、とボクは思った。ボクは彼女のことが嫌いじゃない。ダニタは暴君だけど、決して悪いやつじゃないと思ってる。そんな彼女がこんな目に遭うのはとても辛かった。

ボクは声をかけようとして──はっと歩みを止めた。

「見るなぁぁぁ！」

ダニタの身体から闘気が溢れ、それが彼女のカバンにある何かと反応している。ボクの魔族としての直感が言っている。あれは良くないものだ。

「ダニタ、ダメだよ！　そんな真っ黒な闘気を出したら、変なものが寄ってきちゃう！」

「オレは……オレは……！」

ダニタは絶望しきっていて、ボクの声は届いていないようだった。彼女のカバンが一際強い光を放ち、中から巻物がまろび出てきた。スクロールだ。

「召喚のスクロール！」

その正体をいち早く看破したのはレオニーだった。どうやらあれが、行方不明になっていたという軍用スクロールらしい。

「破いて召喚を止めます！」

「もう遅いよ。出てきちゃう。みんな、下がって！」

スクロールに近づこうとするレオニーを身体で遮って、ボクは皆も後ろに下がらせた。

ダニタの闘気と呼応したスクロールが、宙に大きな魔方陣を描いた。そうしてその向こうから、大きな影が姿を現した。

（レオニー視点）

それは鋼のように鍛え上げられた、見上げるような巨軀でした。まるで小高い山がまるまる意思を持って動き出したかのようにも見えるそれは、一つ目の巨人。右手に石で出来た棍棒を持つその魔物は――。

「サイクロプス……」

隣にいたルチカがうわごとのようにその名を口にしました。サイクロプス――かつて人族と魔族との戦争において、単身で数十から数百の人族をなぎ払ったと言われる魔族の兵士でした。

「レオニー、皆と下がって。あれはちょっと普通の人族にどうにかなる相手じゃない」

「……あなたはどうするつもりなんですか？」

「皆が逃げる時間を稼ぐよ」

「無茶です！　大人と子どもなんていう体格差じゃないですよ!?」

相手はまるで要塞のような巨人です。ルチカは確かに強いですが、いくら彼女でもどうにか出来るとはとても思えませんでした。

「最初から《暴食》を全開で使うよ。大丈夫。時間稼ぎくらいは出来るさ。——さぁ、行って！」

背中を強く押され、私はたたらを踏みます。振り返ると、ルチカはもうサイクロプスの間合いに入っていました。触れただけで粉みじんになりそうな棍棒の嵐をかいくぐり、巨人に肉薄していきます。

「ルチカ……ご無事で……！」

ぼやぼやしてはいられません。せっかくルチカが作ってくれたこの時間なのです。今のうちに避難を済ませなくては。

「皆さん、落ち着いて距離を取って！　焦らず、着実に！」

勇者候補生として訓練を受けた皆であっても、流石にあのレベルの脅威にさらされれば取り乱します。それでも恐慌状態に陥らないのは、さすがと言うべきなのでしょう。押し合ったり転んだりせず、徐々にサイクロプスと距離が出来ました。

「レオニーちゃん！」

「ノール!?　下がってください！」

「私、ルチカちゃんに加勢する。私なら足手まといにはならない」

「——！」

私は驚きました。ノールは小心者で怖がりな性格です。能力こそ指折りの実力者ですが、これまではその性格が災いして、正当な評価を受けてこなかったくらいでした。そんな彼女が今、あの恐ろしいサイクロプスに立ち向かおうとしています。

「危険ですよ？」

「分かってる。でも、私だって勇者候補生だもん。きっとお母さんなら、こんな時立ち向かったと思う。私は友だちを見殺しにしたくない！」

「……分かりました。力を貸してください、ノール」

「うん！」

力強く頷くノールと共に、私は戦場へ引き返しました。

「レオニー!?　それにノールも!?　何で戻ってきちゃったのさ!?」

私たちの姿を認めると、ルチカが悲鳴のような声を上げました。サイクロプスの岩のような胸板を蹴って、一旦、私たちのところまで距離を取りました。

「あなた一人を戦わせはしません」

「私だって、戦えるもん！」

この僅かな時間にあちこち傷だらけになっているルチカに、私は治癒魔法を施しました。さらにノールが全員に、補助魔法の歌を重ねがけしていきます。私は力がみなぎるのを感じました。

「全くもう、分からず屋なんだから」

「あなたが言いますか、それを」

「二人とも、無駄口叩いてる場合じゃない。来るよ！」

私たちは散開しました。直後、私たちが立っていた場所が爆発したように砕け散りました。

「なんて膂力……！」

サイクロプスという魔物については、講義でも詳しく取り上げられていました。魔力や闘気を纏わず、単純な膂力だけで人族を蹴散らした戦士スタイルの兵隊です。攻撃力・防御力ともに優れ、生半可な攻撃は防御すらせずに構わず突っ込んできます。

「ちぃ……！　《暴食》と相性が悪い！」

じれたようなルチカの声が聞こえました。彼女の《暴食》は相手の魔力や闘気を食らって力に換える能力です。対してサイクロプスの力は純粋な筋力。食い合わせがよくありません。

「動きを止めます！　ルチカ、ノール、狙ってください！」

「！」

「わ、分かった！」

私は素早く呪文を唱えました。狙いは——サイクロプスの足下。

「《泥地面》！」

「——！」

巨人の丸太のように太い右足がずぶりと地面に沈みました。足を取られ、サイクロプスが一瞬動きを止めます。

「ルチカちゃん、行って！　《気破裂》！」

「やあぁぁぁっ！」

拳を振り上げたルチカが、ノールの風魔法で勢いを増しながら突っ込んでいきます。狙いは――大きな一つ目。サイクロプスの唯一の弱点がそこでした。

しかし――。

「いけない！　ルチカ、防御を！」

「⁉」

「ガアァァァッ！」

ギアはルチカが弾き飛ばされる光景を私に見せました。私の警句は間に合わず、サイクロプスの咆哮が響き渡ると、ルチカの小さな身体が鞠のように跳ね飛ばされました。地面に一度二度とバウンドし、そのまま動かなくなりました。

「ルチカ！」

「レオニーちゃん、時間を稼ぐから治癒を！」

「はい！」

ノールが魔法の歌でサイクロプスの動きを止めようとするのを最後まで見届けず、私はルチカに駆け寄りました。かろうじて防御体勢は取ったようですが、全身、酷い傷です。特に棍棒を受けたと思われる左手は、骨がぐしゃぐしゃになっていました。

「ルチカ、しっかりしてください……！」

私は必死で治癒魔法を施しますが、ダメージが深いのかルチカの意識が戻りません。

「きゃあああ!!」

聞こえてきた悲鳴にサイクロプスの方を見ると、ノールがサイクロプスに捕まって片手で全身を締め上げられていました。

「あぁぁぁ……！」

鈍い音が聞こえてきます。ノールの骨がきしむ音です。このままでは全滅は必至――私はどうすればいいか必死に考えました。

その時、いつだったか、ルチカが闘気の味について話していたのを思い出しました。

「ルチカ、あなたの《暴食》は闘気や魔力を吸収して力に換える。波長が合えば合うほど、その力は増す――そうでしたね？」

ならば――。腕の中のルチカはまだ意識がないままです。目を閉じたその無垢な顔を見ながら、私は全身から魔力を集め始めました。

「ルチカ、あなたの強さ――そして私たちの絆を信じます」

ルチカを目覚めさせたとして、あの化け物とどれだけ渡り合えるのか。そして、お互いの相性によって変わるという《暴食》の力。いずれも不確かですが、私はそれらを信じることに決めました。

サイクロプスを倒せるくらいとなれば、半端な魔力では足りないはず。私は魔力を身体の隅々、奥の奥から残らずかき集めました。私はこのとき、命さえルチカに与えても構わないと思っていました。全身が沸騰するような昂ぶりを感じながら、私はルチカに顔を近づけます。

「私を——私の全てをあなたに託します。だからルチカ——」

私はルチカと口づけを交わしました。

燃え上がるような魔力酔いの恍惚に包まれながら、その全てをルチカに注ぎ込みます。自分の内側、その根本から力が抜け落ちていくのが分かります。それでも、私は魔力を分け与えることをやめませんでした。

——だからお願い。ルチカ、目を覚まして。

身体の内側が空になり、意識が遠のくその直前、より一層深いところから力が溢れてくるのを感じました。

（これは……？）

まばゆい光が、爆発するように煌めきました。

（ルチカ視点）

目を覚ますと、ボクは光に包まれてレオニーの腕の中にいた。レオニーは気を失っているようだった。うっすらと意識はあったから、何をされたかは分かってる。レオニーってば大胆なことしてくれちゃって。

「でも、期待には応えてみせるよ、レオニー」

拳を握る。全身から力が溢れ出すようだった。ただ《暴食》で魔力や闘気を食らった時とも何かが違う。摂取量に比べて、全身を巡る力が明らかに過剰だった。なんだろこれ。

（未来の嫁の魔力はひと味違うってことなのかな）

――疑問はごもっともですが、今はサイクロプスが最優先です。

（うん、分かってる）

よっと全身をバネのようにして立ち上がると、ボクはサイクロプスに向き合った。巨人の近くにはノールが横たわっている。よもやと思って一瞬ぎょっとしたけれど、どうやらまだ息はあるようだった。ほっとすると同時に、怒りがこみ上げる。

「大事な友だちに……何すんだこんにゃろぉ！」

ボクはぐっと足に力を込めると、そのまま弾かれるように飛び出した。次の瞬間には、目の前にサイクロプスの巨軀がある。

「せりゃあっ！」

ボクは巨人の横っ面を殴り飛ばした。不意を突かれたのか、サイクロプスはまともに食らい、そのまま大きく後ろによろめいた。続けてボクは畳みかける。

「だあああっ！」

二発、三発とサイクロプスの巨眼を目がけて拳を振るう。先ほどまでとは明らかに違う手応えがあった。効いている。でも、敵もさるもの。四発目はしっかりと防御して体勢を立て直し、すぐに反撃に転じた。ボクは大型馬車の事故のような巨人の拳を必死に避けつつ攻撃し続けた。

「ぐるる……」

「⁉」

サイクロプスが急に四つん這いになって口を閉じた。背筋に走る冷たい予感。ボクは咄嗟に大きく横に身体をかわした。

「ガァッツッ……！」

サイクロプスの口からブレスが迸った。とんでもない威力で、後ろにあった森の一部がえぐり取られてしまった。皆に避難して貰ってて正解だった。守りながらじゃとても戦闘にならない――なんて思っていると、

――ルチカ、右斜め後ろ八メートルをご確認を。

（え？　……あちゃあ）

なんと逃げ遅れがいた。ダニタと取り巻きちゃんだ。何やってんだよ、本当に！

「ダニタたち、逃げてよ！　邪魔！」

ボクはサイクロプスにまたブレスを吐かれないよう近距離戦を続けながら、大声で二人に呼びかけた。取り巻きちゃんは恐慌状態にあるようで、すっかり腰が抜けていると見えた。ダニタの方はそうでもないようだったけど、なぜかぼんやりとこちらを見ていた。

「ダニタってば！」

「んでだよ……」

「なに!?　聞こえない！」

「なんでお前ら……くじけねぇんだよ……！」

ダニタはうわごとのように呟いた。

「落ちこぼれがいつまでも足掻いてんじゃねぇよ！　見捨てりゃいいじゃねぇか、オレらなんざ！　なのになんで！」

それはひょっとしたら、初めて見る素のダニタだったのかもしれない。ダニタはずたぼろだった。取り巻きにすら見限られ、次代最強の勇者の看板は地に落ち、今はこうして無力に打ち震えている。後悔、葛藤、やりきれなさ——様々なものが渦巻いたまま、ダニタはただ問うた。

どうして、と。

「どうしてって……友だちを守るのに、理由がいるかい？」

ボクはダニタの言い分こそよく分からなかった。ダニタも取り巻きちゃんも友だちだ。だから守る。それだけ。そこに理由やら理屈なんて挟む余地はないと思う。人族は違うのかな？

「友だち……？　オレが……？」

「違うの？　ボクはそう思ってるけど」

一つ間違うだけで敗北確定なサイクロプスの豪腕をかいくぐりつつ、ボクはダニタとの会話をやめなかった。呼吸を考えれば戦闘に集中するべきなんだろうけど、なぜだろう、ここで彼女との会話をやめてしまうと、ダニタとはこれっきりになってしまう気がしたんだ。

「……」

ダニタはあっけにとられたような様子だった。振り返って見るまでの余裕はないから気配だけだけど、何となくそんなことを言われるとは思ってもみなかったんだろう。ちょっと傷つくなあ。ボクの片思いってこと？

「まあ、どっちでもいいけどさ、とにかく今は避難してよ。そっちの取り巻きちゃんを抱えてさ」

「……な」

「え、なに？　ボク今、ちょっと忙しいんだけど！」

ダニタは震えているようだった。それはきっと恐怖もあったんだろうと思う。こんな怪物が怖くないわけがない。ボクだって怖い。それでも、彼女の身体を震わせたのは、確かに恐怖それだけじゃなかった。

「舐めるなぁぁっ……！」

「え？　ダニタ……？」

背後で膨れ上がる気配。振り返らなくても分かる。それは目にも鮮やかな血色の、混じりっけなしな純粋な闘気だった。

「どいつもこいつも舐めるんじゃねぇ！　オレは《戦斧》の勇者ウルバリタの娘、ダニタ＝ブラックバーン様だ！」

魂の咆哮だ、とボクは思った。大音声が辺りを震わせると、大気をつんざくように赤い流星が疾駆した。

ダニタお得意の上段振り下ろし。その美しいまでの軌跡は、サイクロプスの鋼のように硬い右手を——真っ二つに切り落とした。

「ギャアアア！」

流石のサイクロプスもこれは予想外の深手だったと見えて、痛みに耐えかねたように身を縮こまらせた。初めて出来た大きな隙——これを逃す手はなかった。

「やるじゃん、ダニタ！　キミもボクの番候補になったかも！」

ボクは残った力を全て右手に集中させると、呼吸を整えて足に大きく溜めを作った。決戦の一撃——これで勝負を決める。ボクはサイクロプスを見やった。

「ママの為に戦ってくれてありがとうね。でも、もうおやすみ」

人魔大戦を生き抜いた兵士たるキミへ。戦い続けたキミに敬意を表してこの一撃を贈るよ。

濃度の限界を超えた闘気が物質化して荒れ狂う。ボクの右手には《暴食》の獣——ケルベロスが顕現していた。本来は黒——否、闇色を圧縮したような黒犬なんだけど、今のボクの手に宿っているのは、純白の巨犬だった。多分、レオニーの魔力が関係しているんだろうけど、詳しいことは分からない。ただ確信する——これで終わる。

「これで終わりだよ！　噛み砕け、《獄狗牙撃》！」

右手から闘気の結晶が放たれた。制御できないほどに荒れ狂う巨大な力の奔流が、うねりながらサイクロプスへと迫る。そうしてその目玉を顎に収め、その勢いのままえぐり食った。

「ガァァァッッ……！」

断末魔の悲鳴を上げ、サイクロプスの巨体が倒れていく。さながら山が倒れたかと錯覚するような揺れを起こしながら、その身体が地に沈んだ。

仕留めた手応えはあったけど、一応、油断は出来ない。ボクはゆっくりとサイクロプスに近づいて様子をうかがった。まだ熱の残る巨体に手を当てる。コアは停止しているようだった。

戦い続けた魔物の戦士は、とうとう眠りについたのだった。

「ごちそうさま。そして、おやすみ」

静かに彼を送ると、後ろからかけられる声があった。

「お見事です、ルチカ」

「レオニー。気がついたんだね」

「はい」

レオニーだった。既に治癒魔法を自分に施していたのか、外傷は見当たらず、足取りもしっかりしている。彼女は傍らに倒れていたノールに駆け寄ると、彼女にも治癒魔法をかけ始めた。

ボクにこれだけの魔力を分け与えて、なおも治癒魔法が使えるなんて、レオニーは凄いなあとボクは思った。

「ルチカ、このサイクロプスがあなたのお母様の兵士だというのは？」

「あれ？　言ってなかったっけ？」

うっかりしてたかも。

「ボクのママの名前はエリーチカ。キミのママである勇者レイニ＝バイエズと共に倒れた、魔王エリーチカだよ」

「!?　それじゃああなたは、魔王の娘なんですか!?」

「そうだよ？」

なんだかレオニーが驚いたような顔をしてる。はて？

「……見えませんね」

「がく。よく言われるけどさあ……」

ばあや曰く、ママはすんごい妖艶な美女だったらしいんだけど、ボクはあんまり似てないらしい。それもあってボクは魔族領ではますます浮いてたわけだけど。

「まあいいや。ノールのこと任せてもいい？」

「ええ。ルチカは？」

「ちょっと彼女と話をね」

ボクは残る二人——ダニタと取り巻きちゃんの元へ歩みを進めた。取り巻きちゃんは膝を抱えてぐすぐすと鼻を鳴らしている。完全に戦意喪失状態のようだ。ダニタはぼんやりした様子だけど、どこかすっきりしたような顔をしていた。

「ダニタ、ありがとう。キミの力がなかったら、サイクロプスは倒せなかったかも」

「……」

「……転移魔方陣を壊したのは、キミかい？」

何となくの当てずっぽうだったが、予感があった。果たして、彼女はゆっくりと頷いた。

「ダニタ、キミが何に苛まれているのかは知らない。でもさ、それってキミが本当に望んでいることかい？」

「……」

「ボクはそうは思わない。入学試験のとき、最初に食べたキミの魔力は、トゲトゲしてはいたけどまっすぐな味がしたよ」

そう言って笑いかけると、ダニタはうなだれてこう言った。

「……ちくしょう……負けたよ、お前には」

再び顔を上げたダニタの目は涙に濡れていたけど、憑きものが落ちたようにさっぱりした顔をしていた。

「……う……」

意識が遠くなるのを感じた。膝からかくんと力が抜ける。

「お、おい……！」

「ルチカ!?」

「る、ルチカちゃん!?」

意識の向こうで女の子たちの声が聞こえる。でもダメだ……。ボクにはもうそれを判別する力もない。ごめんね、みんな。

「ルチカ……ルチカ！　目を覚ましてください！」

痛切な声……きっとレオニーだろう。でも、それが本当にそうなのかも、ボクには分からなくなっていた。

「ようやく出会えたんです――心を許せるパートナーに。今、あなたを失ったら、私は……私は――！」

ぐううううっっっ。

「……」

「……」

「……お腹すいた……」

ボクは消え入りそうな声で言った。だって《暴食》をフルパワーで使っちゃったんだもん。

そりゃあお腹すくよ。

「あ・な・た・と・い・う・人・は～～～！」

「くすくす。いいじゃない、レオニーちゃん。無事だったんだから」

「オレ、こんなヤツに負けたのか……しまらねぇ……」

三者三様のあきれ声が聞こえてくる。

「なんでもいいから、なんかちょうだい……。お腹と背中がくっついちゃう」

しばらくすると、ボクの口に鶏肉の串焼きが突っ込まれ、ボクはことなきを得たけど、レオニーの視線は冷たかった。なんで？

学校側の救助がやって来たのは、それからほどなくのことだった。

エピローグ

波乱づくしだった実力考査のせいで、勇者学校はしばらく落ち着かなかった。まず、アリザとダニタの親子は試験に私怨を持ち込んだ門で罰せられることになった。事件を収拾した立て役者として事情を聞かれることになったボクとレオニーは、二人の処分決定の場にも呼ばれた。

『私怨などではありません！　私はただ学校の秩序を守ろうとしただけです！』

アリザはなかなか罪を認めようとしなかった。娘のダニタが全て自白して罪を認めていたため、今さら食い下がっても跡を濁すだけだったんだけど、アリザは自分のしたことは間違っていないと強硬に主張し続けた。それどころか、自分や娘への処分に猛抗議する始末。その場にいた学校長、学年主任、ボク、レオニーの全員がうんざりしていると、パンっと乾いた音が鳴り響いた。

ダニタがアリザの頬を張ったのだ。

『これ以上、情けない真似するなよ！　父さんになんて顔向けするつもりだよ！』

涙ながらにそう訴えるダニタの剣幕に圧され、アリザもようやく大人しくなった。ここからは後から聞いた話になるが、この出来事を境にアリザは別人のように素直になったとか。彼女は結局、学校からの処分を待つことなく辞表を提出し、勇者学校から姿を消した。

ダニタは謹慎処分となった。違法スクロールの所持や転移魔方陣の損壊など、責められるべき過失はいくつもあったけれど、そのほとんどはアリザに強要されたことであり、また本人の才能と年齢が考慮されてその処分となった。

謹慎を言い渡されたダニタは大人しく部屋に引きこもっており、暴君だったかつての面影はなりを潜めているという。余談だが、部屋の近くを通りかかったある学生が、こんな一幕を目撃している。

謹慎中のダニタの部屋前を、取り巻きちゃんがうろうろしていたそうだ。

『用があるならさっさと言え』

『……ごめんなさい。許してなんて言えませんけれど、私──』

『許さねぇよ』

『……ぐす』

『謹慎終わったら、飯奢るって言うまで許さねぇ』

『！　ダニタさん……』

『食堂の特別ランチ、大盛りだぞ』

『はい……はい……！』

無人島でのサバイバルに関して、レオニーは大きく評価された。他の学生たちの命が助かったのは彼女の生活魔法によるところが大きく、救われた生徒たちや保護者の声もあり、レオニーの功績は学校側も無視出来ないようだった。ボクとレオニーは今回の一件でアリザが関与していたことを知ってしまったこともあり、学校からそれを口外しないことを条件に取り引きを持ちかけられた。

内容は今後の学校活動における、裁量の調整だった。

ボクは教職員棟の入り口の壁にもたれて人を待っていた。すると、扉が開いて中から銀糸の髪をした美少女が出てくるのが見えた。

「レオニー」

「ルチカ……待っていてくれたんですか？」

「うん。それで、話はついたの？」

「ええ。ギアを調整して、生活魔法研究の道へ進まないかと言われました」

勇者学校側が言うには、ギアが示すレオニーの一番の才能は相変わらず剣術だし、ギア至上主義を曲げるつもりはないらしい。ただ、ギアに人為的な調整を施し、今後はレオニーが生活魔法の才能を伸ばすようにも出来るとのことだった。

「なら、これでしたいことが出来るね。おめでとう、レオニー。良かったじゃない」

ボクはお気楽にそう言ったのだが、レオニーは意外なことを言った。

「でも、それはお断りしました」

「え？」

ボクは目をパチパチしてしまった。

「な、なんで？　せっかくレオニーがしたいことをするチャンスだったのに」

「ああ、すみません。語弊がありましたね。より正確には、もう少し贅沢を言ったのです」

「贅沢？」

「ええ。剣術と生活魔法の両方を研究させて貰えるようにお願いしました」

驚くボクにレオニーは続けた。

「私は確かに生活魔法が好きです。でも、ギアが示してくれる剣術の道も、諦めたくありません」

どうして、と問うボクにレオニーは、

「やりたいことも、やるべきことも、両方やりたいんです。ルチカのお陰でやりたいことをやる大切さも分かりましたが、やはり私は勇者の娘ですから」

レオニーはボクの「やりたいことをやる」生き方の価値を、ひとまず認めてくれたらしい。

その上で、やるべきことも疎かにしない選択肢を選んだのだ。無人島で命を繋いでばつが悪そうに感謝を述べた皆の姿も、自分が「すべきことをした」結果だと思うから、とレオニーは言った。

「そっか。レオニーが決めたことならそれでいいと思う」

「ルチカはいつも私のことを尊重してくれますね」

「そりゃそうだよ。大好きな人のことだもの」

「はいはい」

「ちぇー。つれないなあ」

拗ねてみせるボクに、レオニーは苦笑した。


「ねぇ、ルチカ。あなた、たまには私たちにも付き合いなさいよ」

「ごめんね。今日はちょっと都合がつかないんだ。また誘ってよ」

試験での一件から、ボクにも変化があった。具体的に言うと、友だちが増えた。目の前の金髪ツインテールの子もその一人だ。まだボクのことを怖がってる子も多いけど、この子みたいに興味を示してくれる子も何人かいる。

「そんなこと言って、どうせまたレオニー絡みなんでしょ」

「正解だけど、皆のことを疎かにしてるわけじゃないよ。ボクの中でレオニーの優先順位が高すぎるだけ」

「あきれた。まあ、あなたがレオニーにご執心なのは分かるけど、あんまりつきまといすぎると逆効果だと思うけど」

「と言うと?」

「押して駄目なら引いてみろってね。人族の格言よ。覚えておきなさい」

「いやあ、魔族的には押せ押せ一択なんだよ。でも、ありがと。覚えておくね」

じゃあね、と彼女と別れた。

勇者学校でのボクの評価はまだまだ「やべーヤツ」扱いみたいだけど、「ただし、そんなに悪いヤツでもない」くらいの但し書きがつくようになったらしい。最初は失礼しちゃうなあと思ってたけど、あの子たちみたいに友だちは増えたから文句は言わないことにしている。

ボクはそのまま研究棟へと足を運んだ。予め教えて貰っていた研究室を訪ねると、中ではレオニーと他数人の学生が話し込んでいた。

「魔方陣のここの部分は複層式にした方がよくないか？」

「それだと魔力効率が格段に落ちてしまいます。研究者のおもちゃならいいですが、魔道具は実用本位であるべきです」

「それは追々、効率化を図ればいいのではなくて？　最初から遊びのない設計にしてしまうと、発展性がなくてよ？」

「それは一理ありますが――」

うん、何言ってるか全然分かんない。帰宅を促すチャイムはとっくに鳴っているけれど、レオニーたちはまだ議論に没頭している。そのうち守衛さんが追い出しに来るだろうけど、まだまだかかりそうだと思ったボクは、研究棟の外で待とうと歩き出した。

レオニーも勇者の娘にしては弱すぎるという評判は変わらなかったけど、「しかし、生活魔法は超一流」と言われるようになり、結果、教えを請う者や共同研究のお誘いが来るようになった。ボクは二人きりの時間が減ってちょっと悲しい。でも、ボクは理解のある女なので、束縛するようなことはしない。……今のところは。

——声をかけなくてよかったので？

「集中してるとこを邪魔したくないもん」

——おや、そういうところは理解のある彼女ムーブですか。

「プロトは時どき変な言い方するよね。そんなことより、キミってさ、ひょっとして——」

——なんですか？

「……まぁいいや。何でもない」

なんとなく、プロトについて思い当たったことがあるのだけれど、聞いても彼女は答えてくれない気がしたので黙っておく。

——愛の告白ですか。いやいや、わたくしも罪なギアですね。

「違うよ⁉」

まあ、プロトのことはおいおい問い詰めていけばいいだろう。

「待ってください、ルチカ」

「およ、レオニー？」

呼び止められて振り返ると、レオニーが駆けてくるところだった。

「後ろ姿が見えたので。来てくれたのなら声をかけてくださいよ」

「や、研究談義、まだまだ続きそうだったから」

まさか切り上げて追いかけてくれるなんて思わなかった。ちょっと嬉しいじゃないのさ。

「少し白熱しすぎたので、各自持ち帰って明日続きをすることになりました。もういい時間でしたし」

「そっか」

レオニーは以前よりも明るくなって気力が充実しているように見える。剣術にはまだまだ悩みが尽きないようだったけれど、生活魔法の研究は楽しいようで、勇者学校での生活に張り合いが出ているようだ。剣術については時々ボクも稽古に付き合うようになって、彼女の成長を見守れるのがボクとしてはとっても楽しい。ノールも時々それに交ざる。

学校から認められたもう一つの例外として、ボクらは正式にパートナーになった。ギアの啓示によらないパートナーの成立は前代未聞らしい。そのことについてはまだうるさく言う人もいるみたいだけど、ボクもレオニーも気にしていない。言いたいヤツには言わせておけばいいんだよ。

まあ、ということで――。

「これでボクら、正式に番になれるんだよね？」

「そんなわけないでしょう」

「あるぇー？」

レオニーがデレてくれたかというとそんなことはなく、彼女は相変わらずのクールビューティで、ボクの心を弄んでくれるのだった。

「そっかぁ……。レオニーって、実は未だにボクのこと苦手だったりする？」

「そんなこと、言われないと分からないんですか？」

「あ、何でもないです」

絶対零度の視線を向けられ、ボクはしおしおになってしまった。

「ルチカのこと、割と嫌いじゃないですよ」

「そうだよねぇ……。好きなわけないよねぇ……うん？」

「何でもないですよ、おバカルチカ」

「えー」

これはボクらがともに歩き始めたばかりの頃の話。

お互いを運命の相手と見定める前の、全ての始まりの物語だ。

了

あとがき

電撃文庫の読者様の多くにとっては「初めまして」になるかと存じます。いのり。と申します。この度は拙著「勇者になりたい少女と、勇者になるべき彼女」をご購入いただき、誠にありがとうございます。あとがきを使わせていただいて、簡単な自己紹介とご挨拶を出来ればと存じます。少々、お付き合いいただければ幸いです。

私は専業のライトノベル作家なのですが、数あるジャンルの中でも、特に百合やガールズラブの分野を得意としております。本作「ボクキミ」も女の子同士の関係を描いた作品です。電撃文庫には既にこのジャンルの大先輩として多数の作家さんがおられますが、この度、私もその末席に加えていただくことになりました。先輩方の名著の隣に並ぶことになる、と思うとプレッシャーに押しつぶされそうですが、本作も皆様に面白いと言っていただけるよう最善を尽くしました。あなた様のお眼鏡に適いましたでしょうか。せっかくのご縁をいただきましたので、少しでも楽しんでいただけていたら幸いに存じます。

百合・ガールズラブジャンルは、ガラスのような心情の機微や水彩のような儚い人間模様を描くことが多いのですが、私の作風はもう少しビビッドです。ルチカをご覧いただいた皆様はもうお分かりかと存じますが、彼女の中に「女の子なのに女の子を好きになっちゃった。どうしよう」的な葛藤はほぼありません。かといってその要素が皆無かというとそんなことはなく、本巻ではまだそこまでいきませんでしたが、いずれレオニーが葛藤することになると思いますので、どうか楽しみにしていてください。

さて、私の創作にとても大きな役割を果たしているのが、私のパートナーである秋さんです。彼女はとても聡明で、それでいてユーモアを忘れないとても前向きな人で、彼女の存在がなければ私はきっと小説家を続けられていないとすら思います。本作の主人公であるルチカは、そんな秋さんのいくつかの側面を私が切り取った存在です。ルチカの屈託のない明るさや前向きさは、まさに秋さんから写し取ったものと言えるでしょう。もちろん、フィクション向けに装飾は施してありますが、本質はそれほど変わっていないと思います。ルチカはそんな風に生まれ落ちた子なので、いわば二人の娘とも言うべき存在です。ルチカのことを、皆さんも愛してくださるといいなと切に願っております。

また、本作が刊行されるのと同時期に、別の出版社さんから出していただいている拙著「私の推しは悪役令嬢。」のアニメが放映されていることと存じます。簡単にご紹介致しますと、こちらもガールズラブ作品で、乙女ゲームの世界に転生した元社畜ＯＬが、攻略対象の王子たちそっちのけで悪役令嬢に猛アタックする、というものです。GL文庫から電子書籍が全五巻、一迅社ノベルスから紙の本が既刊三巻、またコミカライズが百合姫コミックスから既刊七巻発売中です。ご興味を持っていただけましたら、こちらもぜひご覧いただければ幸いです。

最後に謝辞を述べさせていただきます。

電撃文庫編集部の近藤様。本書の出版に当たり、数々のご尽力を賜りありがとうございました。このご恩は数字で返せるといいなと思います。引き続きどうぞよろしくお願い申し上げます。

ストレートエッジの木村様。内容面で全面的にお世話になりました。木村様の豊富な編集経験に支えられて、本書を無事に産み落とすことが出来ました。続刊出来ましたら、ルチカたちの今後をまた一緒に試行錯誤致しましょう。

イラストをご担当くださいましたあかもく先生。素晴らしいイラストの数々、誠にありがとうございました。先生のイラストによって、ルチカたちは魂が宿ったと申し上げても過言ではないはずです。売れなかったら作家の責任、というのは至極当たり前の話ですが、こんなに素晴らしいイラストを描いていただいて売れなかったら、それこそ言い逃れしようがありません。先生の類い希な仕事に報いることが出来るといいなと思います。

パートナーの秋さん。わたおし。以外の作品をついに出すことが出来ましたよ。ブレインストーミングの段階ではたくさんお世話になりましたね。発売日にはまた、一緒にノンアルコールカクテルでお祝いしましょう。

最後に、本書を手に取ってくださいましたあなた様に、最上級の感謝を申し上げます。ありがとうございました。

それでは、またお目にかかれる幸いに恵まれることを祈りつつ、筆を置きたいと存じます。
無事に次巻が出るといいなぁ……。いのり。でした。

二〇二三年八月二十二日　いのり。拝

X（旧ツイッター）：@Inori_ILTV
Pixiv Fanbox : https://inori-0.fanbox.cc/

◉いのり。著作リスト

「勇者になりたい少女と、勇者になるべき彼女」（電撃文庫）

本書に対するご意見、ご感想をお寄せください。

ファンレターあて先
〒102-8177　東京都千代田区富士見2-13-3
電撃文庫編集部
「いのり。先生」係
「あかもく先生」係

本書は書き下ろしです。

電撃文庫

勇者(ゆうしゃ)になりたい少女(ボク)と、勇者(ゆうしゃ)になるべき彼女(キミ)

いのり。

2023年11月10日　初版発行

発行者　山下直久
発行　株式会社KADOKAWA
〒102-8177　東京都千代田区富士見2-13-3
0570-002-301（ナビダイヤル）
装丁者　荻窪裕司（META＋MANIERA）
印刷　株式会社暁印刷
製本　株式会社暁印刷

●お問い合わせ
https://www.kadokawa.co.jp/（「お問い合わせ」へお進みください）
※内容によっては、お答えできない場合があります。
※サポートは日本国内のみとさせていただきます。
※ Japanese text only

※定価はカバーに表示してあります。

ISBN978-4-04-915274-6　C0193　Printed in Japan

電撃文庫　https://dengekibunko.jp/

電撃文庫DIGEST　11月の新刊

発売日2023年11月10日

春夏秋冬代行者
秋の舞 上

著／暁 佳奈　イラスト／スオウ

時に黎明二十一年仲春。大和国の秋の代行者を担う祝月撫子とその護衛官阿左美竜胆は、異郷の地「橋国」と大和を巡る外交問題の煽りを食う。陰謀蠢く橋国からの要求は秋陣営をかつてない窮地へと追い込んでいき……。

春夏秋冬代行者
秋の舞 下

著／暁 佳奈　イラスト／スオウ

大和の秋である祝月撫子。橋国佳州の秋であるリアム。幼き秋達は過酷な運命に翻弄されていく。やがて暴かれる巨悪の存在と陰謀。数多の勢力が交錯する中、主を救わんと秋の代行者護衛官、阿左美竜胆は奮起する。

ソードアート・オンライン IF
公式小説アンソロジー

著／川原 礫、時雨沢恵一、佐島 勤、渡瀬草一郎、牧野圭祐、高野小鹿、Y．A、周藤 蓮、香坂マト
イラスト／abec、黒星紅白、石田可奈、ぎん太、かれい、rin、長浜めぐみ、星河シワス、あるみっく

“もしも”をテーマに『ＳＡＯ』の世界を自由に描く、公式アンソロジー小説！
『ガンゲイル・オンライン』や『クローバーズ・リグレット』だけじゃない。グルメありゾンビありの完全ＩＦな一冊！

灼眼のシャナSⅣ

著／高橋弥七郎　イラスト／いとうのいぢ

本編エンディング後、新世界「無何有鏡（ザナドゥ）」へと旅立ったシャナと坂井悠二の物語を描く、『アンフィシアター』『クイディティ』（電撃文庫MAGAZINE掲載）に加えて、書下ろし新作小説2編を収録。

安達としまむらSS

著／入間人間　イラスト／raemz
キャラクターデザイン／のん

卓球場から、マンションまで。女子高生からＯＬまで。サボり仲間から、恋人まで。長いようで短い二人の時間。そのこぼれ話を拾った書き下ろし多数の短編集。

安達としまむら99.9

著／入間人間　イラスト／raemz
キャラクターデザイン／のん

「おかえり。仕事疲れたでしょ」「うん。あ、でもしまむらの顔見たから。げ、げんきー……みたいな」　こんな調子で私たちは続いてくんだろうな。おばあちゃんになっても。ひょっとすると三千七百年くらい経っても。

ネトゲの嫁は女の子じゃないと思った？　Lv.22

著／聴猫芝居　イラスト／Hisasi

ネトゲのサービス終了は嘘だと思った？　……残念！　本当に終わってしまいます……。動揺するネトゲ部、特にアコは現実を受け止められず……。アコのため、そして悔いを残さないために――『終活』をはじめよう！

妹はカノジョにできないのに 5

著／鏡 遊　イラスト／三九呂

春太の“妹”となることを決めた晶穂。一方、中学卒業を区切りに雪季が「妹を卒業」する日も近づいてきて……。世界一カワイイ妹と“絶対に”結ばれるラブコメ、ついにシリーズ完結！

魔法史に載らない偉人3
～無益な研究だと魔法省を解雇されたため、新魔法の権利は独占だった～

著／秋　イラスト／にもし

歯車体系を開発して以降、目覚ましい活躍を続けるアインに学位を授与する話が！？　その最中に明かされるシャノン出生の秘密とは！？　『魔王学院』著者が贈る痛快魔法学ファンタジー最終章!!

新作 **君の先生でもヒロインになれますか？**

著／羽場楽人　イラスト／塩こうじ

誰からも人気の新任担当教師・天条レイユと主人公・錦悠凪は、実はお隣さん同士だったことが発覚！　他の生徒たちにバレてはいけない、二人だけの秘密の青春デイズがスタート！

新作 **さんかくのアステリズム**
俺を置いて大人になった幼馴染の代わりに、隣にいるのは同い年になった妹分

著／葉月 文　イラスト／U35

七年の眠りから目覚めたら、両片思いだった幼馴染が年上の教師に、子ども扱いしていた妹分は魅力的なクラスメイトになっていた。流れた長い歳月は、全てを変えてしまう。――俺たち三人の関係さえも。

新作 **勇者になりたい少女（ボク）と、勇者になるべき彼女（キミ）**

著／いのり。　イラスト／あかもく

「キミ、ボクと番〈つがい〉にならない？」　魔族の娘ルチカは、勇者学校へ入学しようと訪れた都で、魔王を倒した勇者の娘レオニーと出会う。入学試験の最中、ルチカはレオニーに突如結婚を申し込むのだが――。

レプリカだって、恋をする。
Even a replica falls in love
榛名丼
［イラスト］
raemz
16歳、夏。はじめての、青春。
愛川素直という少女の
身代わりとして働く
分身体、それが私。
本体のために生きるのが
使命……なのに、
恋をしてしまったんだ。
海沿いの街で
巻き起こる
ちょっぴり不思議な
青春ラブストーリー。
応募総数
4,128作品の
頂点
第29回
電撃小説大賞
大賞
受賞作
電撃文庫

クセつよ異種族で行列ができる結婚相談所
～看板ネコ娘はカワイイだけじゃ務まらない～
五月雨きょうすけ
猫屋敷ぷしお
見習い秘書係のネコ娘、今日も頑張っています！
第29回電撃小説大賞受賞作
電撃文庫
特設サイトをcheck!!
STORY
訪れるのはワケあり相談者ばかり？
異種族同士の婚活って大変なんです！
ドタバタ婚活ファンタジー、はじまります!!

仁木克人
ill.堀部健和
魔王城、空き部屋あります！
Demon King's Castle For Lease!
魔王城を、魔王自らマンション経営!?
豊洲ではじまる不動産コメディ!!
あいあむ勇者
電撃文庫

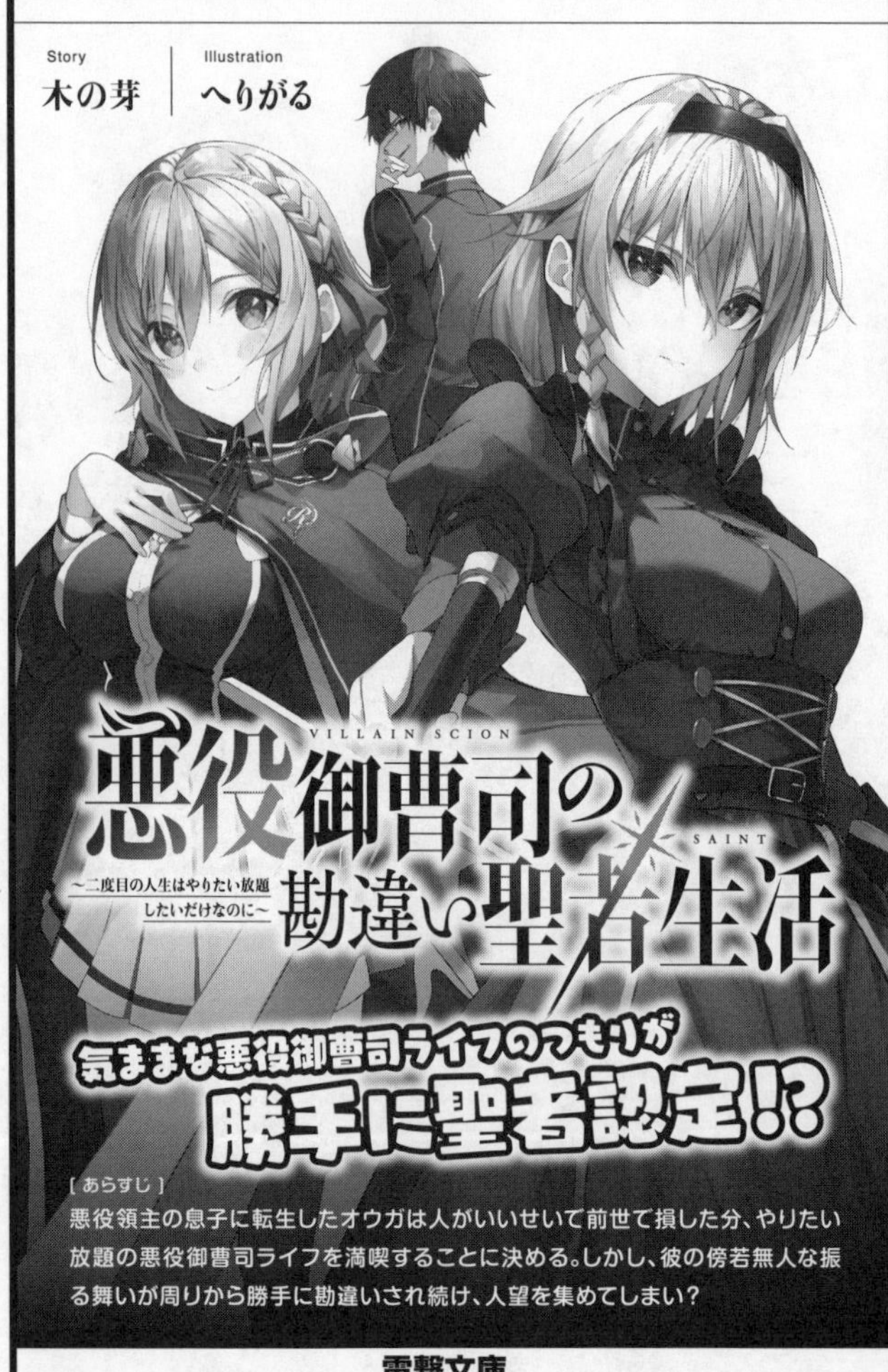

[あらすじ]
悪役領主の息子に転生したオウガは人がいいせいで前世で損した分、やりたい放題の悪役御曹司ライフを満喫することに決める。しかし、彼の傍若無人な振る舞いが周りから勝手に勘違いされ続け、人望を集めてしまい?

電撃文庫

命短し恋せよ男女(だんじょ)

余命1年でも
恋がしたい!!!

[著]
比嘉智康
Tomoyasu Higa

[イラスト]
間明田
Mamyoda

恋に恋するぽんこつ娘に、毒舌クールを装う元カノ、
金持ちヘタレ御曹司とお人好し主人公――
命短い男女4人による前代未聞な
余命宣告から始まる多角関係ラブコメ!

電撃文庫

夢を諦めクソみたいな大人になっちまった俺の人生。
全ての原因は中学時代のアイツ、初恋の彼女、
安芸宮羽純のせいだ——なんて愚痴っていた俺は、
事故に遭いなぜか中学時代へとタイムリープしていた。
青春2周目の俺がやり直す、
ぼっちな彼女との
陽キャな夏
初恋の彼女への
告白を、もう一度——
タイムリープで
あの夏の青春をやり直す——！
当時は冴えないモブ男子だった俺だが、
あっという間に理想の青春をやり直すことに成功！
あとは安芸宮と過ごした『あの夏』の事件の
真相を暴き、変えるだけのはずだったのだが——。
Story by igarashi yusaku
Art by hanekoto
五十嵐雄策
イラスト
はねこと

電撃文庫